I0609496

NAGELPROBE 17

Texte des
Jungen Literaturforums
Hessen-Thüringen

Herausgegeben
vom Hessischen Ministerium
für Wissenschaft und Kunst

Der Allitera Verlag ist ein BoD™ Verlag der Buch & medi@ GmbH, München. Dieser Verlag publiziert ausschließlich Books on Demand in Zusammenarbeit mit der Books on Demand GmbH, Norderstedt, und dem Hamburger Buchgrossisten Libri. Die Bücher werden elektronisch gespeichert und auf Bestellung gedruckt, deshalb sind sie nie vergriffen. Books on Demand sind über den klassischen Buchhandel und Internet-Buchhandlungen zu beziehen.

Weitere Informationen über den Verlag und sein Programm unter: www.allitera.de

September 2001
Allitera Verlag
Ein BoD™ Verlag der Buch & medi@ GmbH, München
© 2001 für die Anthologie: Allitera Verlag, München
© 2001 der Einzelbeiträge beim Hessischen Ministerium für Wissenschaft und Kunst, Wiesbaden
Umschlaggestaltung: Kay Fretwurst unter Verwendung eines Motivs von Bettina Hermann
Herstellung: Books on Demand GmbH, Norderstedt
Printed in Germany · ISBN 3-935284-84-5

Nagelprobe 17

Vorwort

Als ich neulich zwei Mädchen fragte, was so schön sei am Schreiben, sagten sie: »Man kann schreiben, was man will und wie man will. Man kann sich was ausdenken, was ganz Verrücktes, und die Leute zum Lachen bringen oder zum Denken.« Peinliches und wichtige Geheimnisse, sagten sie, solle man besser nicht schreiben. Beim Gedicht fanden sie den Reim am Zeilenende schwierig, an dicken Büchern imponierte ihnen das Dicke. Zum Schluss sagten sie, wenn man sich den Beruf ausgesucht habe, werde er ja wohl auch Spaß machen.

Die Antworten der beiden gefielen mir. Fürs Junge Literaturforum sind sie zwar noch zu jung. Aber vom Schreiben haben sie – was das Zuschauen angeht – schon Erfahrung. Oft genug sehen sie ihre Mutter am Schreibtisch sitzen. Sie hat dann so einen Ausdruck im Gesicht. Manchmal hat sie Termindruck, aber trotzdem schreibt sie immer freiwillig.

Kaum eine Tätigkeit wird mit so viel Freiwilligkeit ausgeübt wie das Schreiben. Wer nicht gern schreibt, sucht sich etwas anderes. Wer gern schreibt, will auch viel und gut schreiben. Dann ist es Arbeit. Denn schließlich kann man die Schreibe ja immer noch verbessern. Schreiben kann auch süchtig machen. Dann ist es mit der Freiwilligkeit naturgemäß vorbei. Aber noch gilt Schreiben nicht als Gefahr für Leib und Leben.

Auch bei den Teilnehmern des 17. Jungen Literaturforums Hessen/Thüringen war gerade davon viel zu bemerken, vom Spaß am Spiel mit der Sprache und den Themen, von Geheimnis, Fantasie und Wirklichkeit. Da gab es Charaktere wie Barenberg oder den unglücklichen Eduard Zinn, Überraschendes wie die kluge Oma aus »Schoko und Vanille«, Gereimtes, etwa im Poem über die Stasi, oder die schöne Zeile aus »Rauhnächte«: etwas wie Vogelnester.

600 junge Leute haben teilgenommen. Die Thüringer waren etwas schreiblustiger als die Hessen. Die Besten sind hier, einigen von ihnen ist die Prozedur nicht neu. Es ist schön, heute auch die Gesichter zu den Texten kennen zu

lernen. Über ihren Texten haben wir lesend schon gebrütet, wie sich das gehört. Zunächst allein daheim, denn Lesen ist schließlich eine genauso einsame Sache wie das Schreiben – dann im Kreis der Jury.

Ich – das füge ich in Klammern an – bin auch ein Gewächs des Literaturforums. Beim ersten Durchgang vor 17 Jahren erhielt ich für einen Zehnzeiler den Preis von tausend Mark. Das Zeilenhonorar war zu gut, um sich je zu wiederholen. Seither schreibe ich mit wachsender Begeisterung für weniger Geld. Macht Schreiben nun reich?

Auf der Wartburg haben wir Ihre Texte gelesen. Wir, die Jury, das waren Renate Wiggershaus, Heinz Stade, Matthias Biskupek, Martin Lüdke, Antonia Günther und ich. Das Vorlesen tat uns gut, aber auch den Texten. Oben auf der Wartburg lag noch Schnee, als wir schöne Stücke, heikle wie gelungene Passagen, tolle Geschichten und gute Zeilen lasen. Und da sind wir bei der Beute. Mit der geht es uns nicht anders als Ihnen. Wir sind alle stets auf der Jagd nach einer guten Zeile. Nicht mehr und nicht weniger. Damit kann man sein Leben verbringen – so man möchte. Eine gute Zeile ist nie zu verachten. Manchmal dauert es lange, bis man eine findet. Die Suche kann ein Leben lang dauern.

Damit aber niemand, der gern schreibt, aufhört mit der Suche nach guten Zeilen, gibt es das Literaturforum samt seinen Nachsorgeseminaren. Da sitzen Menschen, die ernsthaft viel von Literatur verstehen und ihre Meinung zu Texten äußern. Verletzte gibt es an diesen Wochenenden nicht. Aber man sollte nicht vergessen, dass Schreiben auch ein Handwerk ist. Talent allein reicht selten.

Vor siebzehn Jahren hatte der Erfinder des Ganzen, Dieter Betz, vor lauter Herzklopfen Ohrensausen. Ob das was wird mit dem Literaturforum, fragte er sich voller Temperament, denn wissen kann man ja nie. Aber dann entdeckte er in all den Einsendungen die erste gute Zeile und war getröstet.

Martina Dreisbach

Texte der Preisträger

Jennifer Obermann

Schoko und Vanille

Oma war immer im Recht. Sie hatte ja auch Ahnung von der Welt. Und sie hatte die Kochkunst inne. Das Beste waren jedoch Omas Worte beim Kochen.

Sie rührte gerade noch mal in der hellen Suppe, schälte gleichzeitig Kartoffeln und balancierte in einer großen Pfanne einen primmelbraunen Braten von einer Herdplatte auf die andere.

»Kind, eins musst du dir merken, die Konstellation ist das wichtigste beim Kochen. Sonst entstehen beim Kennergourmet beim ersten Anblick schon Vorurteile.«

Oma benutzte auch Fremdwörter. Sie war schließlich gebildet.

Endlich war Oma bei der Nachtischvorbereitung. Der beste Part. Sie hatte zwei riesige Eisdosen auf dem Tisch stehen. Schoko und Vanille.

»Toleranz, Kind, Toleranz.«

Eine Kugel Schoko. Eine Kugel Vanille. Oma war eine sorgfältige Frau. Sie fuhr langsam mit dem Löffel durch die Kälte und formte gleichmäßige Kugeln.

»Ich weiß nicht, warum deswegen so ein Krieg herrscht. Innerlich besteht zwischen ihnen doch kein Unterschied.«

Sie strich wieder eine Kugel vom Löffel.

»Kind, das ist eine der wichtigsten Einstellungen im Leben. Man muss alle gleich behandeln, egal wie groß die Differenz der äußerlichen Merkmale ist.«

Oma hatte in jede Schüssel bis jetzt genau zwei Kugeln gegeben.

Schoko und Vanille.

»Das ist alles eine Frage der Einstellung.«

Wenn doch alle Menschen so eine Oma hätten wie ich. Der Schokokarton war fast leer. Vanille aber auch. Sie war ja eine gerechte Frau. Jetzt schmückte Oma die Schüsselchen mit Schlagsahne.

»Kind, genauso versuchen die Leute alles zu verdecken. In ihnen lungert noch der Hass, aber sie stülpen sich eine Decke über, die ab und zu mal zu reißen droht. Dann ist der Krieg darunter doch einmal zu heftig geworden.«

Noch auf jede Decke ein Stück Bitterschokolade.

»Sie schmücken sich mit Stolz und Einheitsgefasel, dabei ist der Beigeschmack so bitter, dass selbst die Decke auf lange Zeit nicht halten wird.«

Oma war schon eine kluge Frau. Auch auf ihre Linie bedacht.

Da standen sie nun, fünf Schüsseln mit Schoko und Vanille, Sahnedecke und Bitterbeigeschmack auf dem Tisch verteilt. Eins ohne Sahne.

»So Kind. Die Gäste können kommen.«

Sie legte sorgfältig ihre Schürze beiseite und wusch die Hände mit der schwarzen Hautfarbe.

Jenny Feuerstein

Die Überdauernden

Im Blühen welk,
Im Welken auseinander
– verdorren – doch einander,

So dauern wir.

Johanna Wohlkopf

Die Tragödie des Eduard Zinn

Es sind nicht wenige Menschen, die davon überzeugt sind, die Kindheit sei doch eindeutig der schönste, spannendste und beglückendste Lebensabschnitt gewesen. Und an dieser Meinung halten sie auch noch fest, wenn ihre eigene Erinnerung an diese Zeit bereits stark verblasst ist. Hätte man Eduard Zinn, der in der zweiten Hälfte des letzten Jahrzehnts des neunzehnten Jahrhunderts in einem winzigen schwälmer Dorf namens Pphulsputten geboren wurde, nach seinen frühen Jahren gefragt, so hätte dieser, nach einer angemessenen Phase des Nachsinnens, von einer Reihe von Verboten zu erzählen begonnen. Verboten, die seit jeher seinen Alltag dominiert hatten und deren zahlreiche Missachtungen ihm nicht nur Dank seines Gedächtnisses, sondern auch seiner sitzfleischinternen Erinnerungsfelder unvergessen blieben.

Es war ihm verboten gewesen zu faulenzen, zu träumen oder gar zu schlafen, wenn er arbeiten sollte. Es war ihm verboten gewesen, Knöpfe zu verlieren, im Weg herumzustehen, in die Speisekammer zu gehen und die Stalltüren offen zu lassen. Es war ihm verboten gewesen, seine Tafel fallen zu lassen, seine Schwester zu kneifen oder gar in der Kirche laut zu husten. Auch wenn sein Rücken schmerzte, war es verboten, in der Schule krumm zu sitzen. Es war ihm verboten gewesen, im Pphulsputter See zu schwimmen oder länger als nötig vom Hof fortzubleiben. Es war ihm verboten gewesen, sich über nussgroße Blasen an den Händen zu beklagen, zu pfeifen, Kerzen zu verschwenden, Hunde mit ins Haus zu bringen und zu viel zu reden. Später verbot man ihm zu rauchen, im Gasthof Karten zu spielen, herum zu lungern (auch wenn ihm niemand, den er fragte, genau erklären konnte, was damit gemeint war) und das Häusl zu blockieren. Dass es verboten war, Christe, der Magd, im Vorbeigehen wie einem Gaul auf den Hintern zu klopfen, lernte er in Form einer Ohrfeige. Er hatte nicht zu lachen (und schon gar nicht laut), und zu weinen war ihm sowieso und sogar strengstens verboten.

So leise und unmerklich hatten diese Verbote einander abgelöst, dass er wohl beim besten Willen nicht hätte sagen können, wann seine Kindheit in das, was man heute den Ernst des Lebens nennt, gemündet hatte. Wahrscheinlich wäre aber auch, dass er mit dieser Frage überhaupt nichts hätte anfangen können, zum einen war ihm der Ernst des Lebens schon reichlich früh begegnet, und zum anderen waren das Dinge, über die man in Pphulsputten kaum nachdachte – man arbeitete. Und darüber hatte Eduard seit seiner Geburt auf dem Hof seines Vaters (und davor seines Großvaters und Urgroßvaters) im Kreise seiner Geschwister ein Leben verbracht, in dem, bis auf einige prägnante Erlebnisse, an die er sich erinnern würde, alles, jedes Jahr aufs Neue, gleich verlaufen war.

Mit sieben Jahren biss ihn ein Hund. Als er acht Jahre alt war, ertrank sein jüngerer Bruder im Pphulsputter See. Während seines zehnten Lebensjahres schlug eines Nachts ein Blitz in die Eiche im Hof ein. An seinem zwölften Geburtstag bekam er von seinem Vater endlich ein Messer geschenkt. Mit dreizehn Jahren erstach er damit einen tollwütigen Fuchs. Mit vierzehn wurde er im Anzug seines Bruders konfirmiert. Und mit sechzehn wurde er beim Sensen von einem Schnitter an der Wade verletzt.

Insgesamt war sein Leben für einen Pphulsputter Bauernjungen bisher nicht ungewöhnlich verlaufen, und zu einem gewöhnlichen jungen Pphulsputter Mann war er geworden, wortkarg wie seine Mutter und äußerlich hart wie sein Vater. Er hatte gelernt, sich zu beherrschen, und beherrschte so viele Manieren wie man brauchte, um dafür von einem reichlichen Teil der männlichen Bewohner Pphulsputtens ausgiebig verspottet zu werden (was sich auch nicht änderte, nachdem er im einzigen Gasthof »Zur Rebe« aus Wut, Protest und einem Rest von Stolz innerhalb von fünf Minuten zwei Liter Bier in seine jungfräulichen Eingeweide geschüttet hatte und in Folge unter dem Tisch in Ohnmacht gesunken war).

Nichtsdestotrotz – sein Leben schien vorgezeichnet. Sein

Bruder Eberhard würde eines Tages den Hof übernehmen, er, Eduard, würde weiter darauf arbeiten – oder er heiratete. Nun lag es aber nicht nur an seinem vernichtenden Ruf als Ortspiefke, warum sich letzteres schwierig gestalten sollte, sondern auch an einer ungewöhnlich geringen Zahl heiratsfähiger Maiden, mit der Pphulsputten im Jahr neunzehnhundertundzwölf aufwarten konnte. Und wer das entsprechende Alter erreicht hatte, war vergeben. Da weder Schützenfest noch Tanzabend ihm, dem Zweitgeborenen, zu größerer Begehrtheit zu verhelfen vermocht hatten, hatte er sich damit abgefunden, ein Junggesellendasein zu führen. Wenn man einmal von einer gewissen Neugier absah, sah er in der Ehe sowieso, wie viele seiner Zeitgenossen, eine nur in begrenztem Maße bereichernde Selbstverständlichkeit.

Wer ihm diesen Zustand allerdings absolut nicht gönnen wollte, war seine Schwägerin Agnes. Sie redete beständig auf ihn ein und hatte seine Nerven schließlich so weit strapaziert, dass er sich geschlagen gab und, wenig überzeugt, zum Hof ihrer Eltern begab. Da diese sehr darum bemüht waren, die Tochter im Haus zu halten, traf man Agnes' Schwester nur sehr selten im Dorf an. Einmal hatte er sie allerdings mit ihrer Mutter die gepflasterte Straße entlang kommen sehen, als er im Hof Holz gespalten hatte. Besonders hübsch war sie ihm damals nicht vorgekommen, doch es genügte ja, wenn sie eine ordentliche Hausfrau abgab, dachte er. Doch sie hatte, klein und schmal wie sie war, feine Züge und einen zarten Nacken, wie er feststellte, nachdem sie auf Anordnung der Keiler-Bäuerin in der Küche des Keiler-Hofes erschienen war. Dass sie, wie allgemein erzählt wurde, »nicht ganz klar im Kopp war« (was sich aber, Agnes zufolge, nicht vererben würde!), äußerte sich daran, dass sie von Zeit zu Zeit in ein seltsames, lautes Lachen ausbrach, was ihm jedesmal einen Schauer durch den ganzen Körper jagte. Doch sie sei fleißig, bemühte sich die Keiler-Bäuerin eifrig zu erklären, es müsse sie eben nur »jemand bei der Hand nehmen«. Und sie sprach durchaus, wenn auch nicht viel. Außer ihr und Agnes hatte es auf dem Keiler-Hof keine weiteren Nachkommen mehr gegeben. Und Luise hatte ein Herz.

Es würde ja auch Zeit, dass er lerne, was eigentlich mit »Rüben setzen« gemeint sei, lautete Eberhards Kommentar zur Hochzeit seines Bruders, wobei sein Grinsen vor Häme fast aus dem Gesicht zu platzen schien. Eduard war an diesem Tag unempfindlich für Zoten und Anfeindungen jeder Art. Als er Luise im Sonntagsstaat an der Kirche antraf, erfasste ihn ein eigenartiger Stolz, der ihn nicht mehr loslassen sollte. Sie wurde ihm von Tag zu Tag unentbehrlicher. Sie hatte eine ausgesprochene Frohnatur, sie besorgte mit ihrer Mutter den Haushalt, sie sang leise vor sich hin, strahlte ihn manchmal an wie der Sonnenaufgang, und ihr grässliches Lachen glaubte er immer seltener zu hören. Zur Kirche ging sie allerdings nie, er dagegen war jeden Sonntag mit dem Keiler-Bauern im Gottesdienst zu finden. Es spottete jetzt kaum noch jemand über ihn, als habe seine Heirat sein Ansehen gesteigert. Seither lebte er auf dem Keiler-Hof, auf dem er eines Tages Herr sein würde. Sein Leben schien vorgezeichnet, und er konnte es sich besser nicht vorstellen.

Es hätte sicher ein schönes Leben für Eduard Zinn werden können. Er hatte gebührend lange auf Glück gewartet, und man kann sich darüber streiten, ob es an seinen Sternen oder schlicht dem Gesetz der universellen Endlichkeit (was schlicht ausgedrückt so viel bedeutet wie: Irgendwann ist alles mal zu Ende) lag, dass er es wieder verlor.

Ein schöner Augustsonntag war die Bühne, auf der das Drama seinen Lauf nahm. Diesmal war es Stolz, was Eberhards Antlitz zu sprengen drohte, als er zur Taufe seines ersten Sohnes in die Kirche marschierte (er schritt nicht, nein er marschierte, obgleich das sowohl für Anlass wie Örtlichkeit gleichermaßen unangemessen erschien, zumal Agnes erst eine geraume Weile nach ihm eintraf). Zu der festlichen Begebenheit hatte sich die gesamte Familie im Gotteshaus versammelt, und nach fast einem halben Jahr saß auch Luise wieder in einer Bank neben Eduards Mutter auf der Frauenseite. Er selbst hatte sich, fast auf gleicher Höhe auf der rechten Seite niedergelassen. Es freute ihn, dass der Neffe seinen Namen tragen sollte, und im Geiste sah er ein kleines Kind, das er einst Eberhard nennen würde.

Die Liturgie begann, doch bevor der Säugling schließlich

auch nur einen einzigen Tropfen Weihwassers auf dem Kopf spüren sollte, verfing sich der Geistliche auf den Altarstufen in seiner Soutane, stolperte, stürzte und schlug lang hin. Der Anblick war jedoch schlimmer als der Zustand. Noch während sich niemand entschließen konnte, dem alten Mann behilflich zu sein, rappelte der sich ächzend selbst wieder auf.

Allerdings trat das ein, was Eduard, ohne es zu wissen, schon längst befürchtet hatte. Luise begann zu lachen, und noch viel lauter klang es durch den Widerhall in dem hohen Gebäude. Alle starrten sie an, die kleine Frau, die sich über den Sturz des Pfarrers zu belustigen schien. Nur der vorwurfsvolle Blick seiner Mutter lag auf Eduard. Und darin, nur für ihn sichtbar, die Erinnerung an das absolute Verbot, sich so in einer Kirche aufzuführen. Mit zwei Sätzen war er bei seiner Frau, schüttelte sie, hielt ihr erst die Nase zu, dann den Mund, sie wehrte sich, er war stärker, ihr Kopf ruckte nach hinten und schlug auf der hölzernen Lehne auf. Ein scharfes Knacken, dann war die sonntägliche Ruhe wiederhergestellt.

Als man am nächsten Morgen den toten Eduard Zinn aus dem Pphulsputter See, dessen Wasser die Zinn-Bäuerin schon vor Jahren verflucht hatte, zog, war man geschlossen der Meinung, dass es mit ihm ja einmal so (und nicht anders) hatte kommen müssen. Direkt anmerken können habe man es ihm ja nicht, aber eine Ahnung hatte von jeher jeder gehabt.

Und warum es so hatte kommen müssen, war auch schon beschlossen: Der Eduard war eben einer von denen gewesen, denen man schon als Kind zu vieles hatte durchgehen lassen.

Daniela Danz

Rauhnächte, Gewebe

Eins – Stoff für Schlichtes

Steilrechtes

Schneide den Apfel
Spalte vier Kerne
zwei Hälften die passen
vier Unglücke ins Haus

Halbes und Halbes
Angst und Unsinn
das mehr ist als Ganzes
und Rauch ins Haus

Liegendes

Mein Unglaube: ich wasche
Wäsche und spanne Leinen
und halte nichts auf und
sage Maus und Maus

und Wolf Ratte und Tod
ist nicht Tod ist nur ist nicht
Rauch aus Schornsteinen
die da gehn: meine Schuh

Zwei – Stoff für Langlebiges

Steilrechtes

Meine schwarzen Schuhe: Lehm
und etwas wie Vogelnester das
wächst mit jedem Schritt klumpig
von Furche zu Furche

ein alter Soldat ohne Beine
und Arme in der Hüfte verdreht
feste und krachende Umarmung
so sanfter Flügel: mein grauer Mantel

Liegendes

Schmucklose märkische Landschaft:
wie Rückzugsgefechte die Reste
von Technik: gesprengte Brücken-
köpfe Reihen Bäume preußisch

an ihren Rändern nachts und
Suchscheinwerfer gehen
die Lichter der Züge über die
Gleise: wo ist der Ort

Drei – Stoff für Feines

Steilrechtes

Wo verwirren die Fäden – Erinnrung
und welche Gedanken kreuzen
sich im Januskopf des Königs
Bataillone und die gefalteten Hügel

herab kommt der Hermaphrodit
ein Bein nachschleifend defiliert
er ruhelos am Flussufer Sommer
müsste es sein für so viel Rot

Liegendes

Wer sich hier hinauslehnte
den Sommer auf der Haut
den goldenen den harten
Fabrikstaub: ins Flussbett hinein

ein Wasserschloss: die Enten
schlagen mit ihren Flügeln die
bröckelnde Fassade die Fische
springen durch die Arkaden –

Kette und Schuss

Ricarda Junge

Barenberg

Kaum dass ich Barenberg das Rauchen beigebracht hatte, wollte er schon sterben. Ich bin unglücklich, sagte er. Ich bin unheimlich unglücklich.

Ich ziehe Barenbergs blauen Mantel über. Mein Anorak ist noch nass. Ich nehme ihn nicht mit. Verlasse die Wohnung, ohne die Tür hinter mir zuzuschlagen. Gehe fast lautlos, nur manchmal knarzt eine Diele. Barenberg schläft wie ein Baby.

Wenn man ihn beim Schlafen störe, hat er zu mir gesagt, verliere er die Fassung und sei nur schwer wieder zu beruhigen.

Im Treppenhaus stinkt es nach Knoblauch und Pisse. Barenberg glaubt, die Jugendlichen, die sich auf den Hinterhöfen herumdrücken, pinkeln im Erdgeschoss unter die Treppe, weil sie nicht nach Hause wollen.

Ich will auch nicht nach Hause, deswegen pinkele ich noch lange nicht ins Treppenhaus anderer Leute. Ich bleibe einen Augenblick stehen, höre, ob Barenberg mir nachkommt. Gehe dann langsam die ausgetretenen Stufen hinunter, ziehe die Hand über das breite Treppengeländer.

Barenberg riecht nicht wie ein Mann. Als ich ihn kennen lernte, sagte ich: Barenberg, was riechst du so komisch?

Vielleicht nach dem Parfüm meiner Freundin, fragte er und schnupperte am Ärmel seines engen Rollkragenpullovers. Und wirklich, Barenberg roch nach Frau. Ich legte meine Wange auf seine Schulter und fuhr ihm mit der Nasenspitze über den Hals. Du riechst gut, sagte ich. Und er legte eine Hand auf mein Haar und neigte den Kopf, dass ich ihn hinter das Ohr küssen konnte.

Barenberg war ein schöner Mann, beinahe schöner als eine Frau, wenn man davon ausgeht, dass Frauen grundsätzlich besser aussehen als Männer. Und er erinnerte mich an einen Jungen mit dem ich in der Mittelschule küssen geübt habe. Siebte oder achte Klasse war das. Und als ich sagte, wie unangenehm Küssen doch sei, schlug der Junge mir so fest ins Gesicht, dass mir die Nase blutete.

Marlene hatte Geburtstag. Sie feierte in der Cocktailbar, die wir in unserer Schulzeit nicht einmal unter Strafandrohung betreten hätten, so peinlich fanden wir die Türsteher mit ihren schwarzen Sonnenbrillen und die aufgedonnerten Leute, die vor der Bar Schlange standen. Jetzt war ich auf der Gästeliste eingetragen und wurde von einer Asiatin an den Tisch gebracht.

Marlene saß lässig zurück gelehnt in einem Samtsessel am Tisch und rauchte ein Zigarillo. Da kommt meine klügste und liebste Freundin, stellte sie mich vor. Merkt euch ihr Gesicht, es wird sicher bald in jeder Zeitung abgedruckt sein, und wenn nicht ihr Gesicht, dann das ihres Freundes. Ein spitzen Typ. Merkt's euch, bald hängen eure Arbeitsplätze von dieser Frau und ihrem Freund ab.

Haha, machte ich und wollte Marlene umarmen. Sie schüttelte mich ab und deutete mit ausgestrecktem Arm über den Tisch hinweg auf einen Mann.

Du sitzt da, neben Barenberg, sagte sie.

Ich sah mich kurz um, keiner der Gäste schien Marlene und mich zu beachten. Ich stieß ihr mit der flachen Hand gegen die Schläfe, und sie lachte.

Ich setzte mich neben Barenberg, konnte ihn riechen und lehnte mich vorsichtig ein Stück weit über die gepolsterte Lehne meines Sessels zu ihm herüber. Er schien es nicht zu bemerken, zerrieb mit langen, schmalen Fingern ein Pfefferminzblatt. Den Geruch fand ich unangenehm und rutschte wieder von Barenberg weg. Langweilte mich, rauchte Zigaretten und trank sechs verschiedene Cocktails.

Saufen kann sie immer noch wie ein Kerl, sagte Marlene.

Ich zuckte zusammen, sah ihr Gesicht verschwommen auf der anderen Seite des Tisches. Ein Mädchen saß bei ihr auf dem Schoß, und ich dachte, mein Gott, sie ist immer noch so. Sie sah toll aus, sagte Marlene. Und wollte was verändern. Und jetzt nur noch Saufkopf und kaum verdeckte Spießigkeit.

Ich wollte etwas erwidern, aber Marlene küsste das Mädchen, und ich sah weg.

Asiatinnen räumten die leeren Gläser ab, sammelten Papierschirmchen und Strohhalme ein und brachten uns neue Kunstwerke aus Milchschaum, exotischen Früchten und Rum.

Das Theater hat keinen Reiz mehr für mich, sagte Barenberg plötzlich.

Meine Meinung! Rief ich und drückte meine Zigarette im muschelförmigen Aschenbecher aus. Nichts wie weg hier! Barenberg fuhr zu mir herum. Wie bitte?

Ich zuckte zusammen und dachte an den Jungen, der mir die Nase blutig geschlagen hatte. Oh, sagte ich und wurde rot. Ich dachte, du sprichst mit mir.

Barenberg lachte wie ein Mädchen. So einer schlug nicht mal mit der Faust auf den Tisch. Das war mir sympathisch.

Ich studiere Theater, sagte er. Und Politik.

Liegt nah beieinander, was? meinte ich.

Eigentlich gar nicht, sagte er.

Ich versuchte mich mit ihm über Politik zu unterhalten. Aber es machte keinen Spaß. Er sprach immer nur von Menschen und konnte meinen Standpunkt nicht begreifen, man brauche keine Politiker mehr, die Wirtschaft habe die Macht längst übernommen, weshalb ich BWL studiere.

Als er sagte, vermutlich sei er ein Idealist, gab ich es auf. Ich zündete mir eine Zigarette an, hielt ihm das Päckchen hin. Er lehnte mit einer leichten Kopfbewegung ab.

Willst du hier wirklich weg? fragte er.

Da ich es für ungeschickt hielt, zusammen zu verschwinden, verabschiedete er sich zuerst, und ich ging eine Viertelstunde später.

Feiges Weibstück, rief Marlene mir nach. Du brauchst dich hier nicht mehr blicken lassen. Marlene war auch so eine. Kriegte nichts auf die Reihe und glaubte, das Leben sei ein Vergnügen. Sie hielt es für richtig, jeden Morgen frei entscheiden zu dürfen, ob man aufstehen mag oder liegen bleibt. Und in dieser Cocktailbar Geburtstag zu feiern, fand sie vermutlich ironisch. Ironie war ihr Lieblingswort. Damit konnte man alles entschuldigen. Barenberg wartete vor der

Bar auf mich. Er lehnte mit nassem Haar an der Hauswand. Es schneite.

Du hast ja ganz blaue Lippen, rief ich. Geht es dir nicht gut?

Ich habe meinen Mantel vergessen, sagte er.

Ich umarmte ihn, drückte meine Lippen auf seinen kalten Mund und küsste ihn. Ganz spontan. Er schmeckte nach Pfefferminze und hatte einen weichen Zungenschlag. Aber dann drehte er unvermittelt seinen Kopf zur Seite und schnappte nach Luft.

Du bist ja witzig, sagte er. Du bist ja wirklich witzig.

Wir liefen Hand in Hand durch den Schnee. Barenberg klapperte mit den Zähnen, aber er wollte meinen Anorak nicht haben.

Du spinnst wohl, sagte er. Der Mann eingemummelt in eine schöne Jacke und die Frau stolpert halb erfroren hinter her. Was gibt denn das für ein Bild ab?

Von Anfang an verstanden wir uns nicht.

Hier stinkt's ja wie bei den Türken, sagte ich, als wir durch das Treppenhaus gingen. Und Barenberg meinte, er fände derartige Äußerungen nicht schön.

Ich scheiß auf deine political correctness, antworte ich, und er sagte, damit habe das nichts zu tun und ob ich mir bitte die Schuhe vor der Tür ausziehen wolle.

Ich wollte nicht, aber tat es. Er stellte sie ordentlich neben die geflochtene Fußmatte.

Barenberg hatte nichts zu trinken im Haus. Das ärgerte mich.

Er verschwand in der Küche, um Tee zu kochen, und ich setzte mich auf sein mit Kissen und Decken überladenes Bett. Barenberg wohnte in einer Wohngemeinschaft, was mir eigentlich hätte genügen müssen, um zu wissen, das war kein Mann für mich. In seinem Zimmer wirkte alles irgendwie schmuddelig und improvisiert. Er hatte keinen Kleiderschrank, sondern eine Kleiderstange und bunte Pappkartons. Das Bücherregal war aus Brettern und Ziegelsteinen gebaut, die Bücher darin waren nicht nur ohne eine erkennbare Ordnung, sondern stapelten, lehnten und standen auf jede nur erdenkliche Weise, ganz und gar chaotisch.

Eine Nachlässigkeit eben, die Barenberg vermutlich für intellektuell hielt und die ich nicht leiden konnte, schon gar nicht bei Männern. Außerdem konnte ich nirgendwo einen Aschenbecher entdecken.

Darf man hier rauchen?, fragte ich, als Barenberg mit einem Tablett hereinkam.

Er lächelte und stellte das Tablett auf den Holzfußboden.

Du darfst hier rauchen, sagte er. Aber eigentlich sind wir eine Nichtraucher-WG.

Er goss Tee in bunte Steingutbecher.

Is' heiß, sagte er. Verbrenn dich nicht.

Der Mann war ein Mädchen. Ich sagte: Wenn ich an die Macht komme, verbiete ich Tee. Das Volk soll sich tot saufen.

Worauf ich so wütend sei, wollte Barenberg wissen, und als ich nicht antwortete, erzählte er mir von seiner Freundin, die von sich in der Mehrzahl spräche. Wir lieben dich nicht mehr, Barenberg. Wir haben beschlossen, dass es besser für uns ist, sich von dir zu trennen. Ich unterdrückte mein Lachen nur, weil er so traurig aussah und mir gefiel, wie er sich mit dem Zeigefinger die Nasenspitze streichelte.

Dein Tee schmeckt wie Spinat, sagte ich. Und Spinat habe ich nur als Kind gern gegessen. Er sagte, das sei ungewöhnlich.

Wir holten Wein an der Tankstelle und noch Zigaretten. Du musst rauchen, sagte ich. Ein Mann, der nicht raucht, ist nichts wert.

Plötzlich kommt mir der Wein hoch. Ich stolpere, stürze gegen das Treppengeländer.

Tapfer schlucke ich Saures. Man kotzt nicht in das Treppenhaus anderer Leute. Auch nicht, wenn es wahrscheinlich keinen kümmern würde. Barenberg hat gesagt, einmal im Monat müsse einer aus der Wohngemeinschaft das Treppenhaus putzen. Im ganzen Haus komme niemand dieser Verpflichtung nach, was für ihn kein Grund sei, es auch nicht zu tun. Soll er doch putzen, denke ich, aber mein Magen hat sich schon wieder beruhigt. Ich schnäuze mir die Nase, betrachte den stückigen Schleim im Taschentuch, zerknülle es und stecke es in Barenbergs Mantel.

Nachdem wir eine Flasche Wein getrunken hatten, fing Barenberg an, richtig albern zu werden. Er sagte, ich sei eine wirklich schöne Frau, am besten gefiele ihm meine Stimme. So musst du mir gar nicht erst kommen, antwortete ich.

Er zog sich die Jeans aus, weil sie ihm unbequem wurde, saß mit kaum behaarten Beinen in gepunkteten Boxershorts und Wollpulli vor dem Bett und sang John Lennons »Imagine« in die leere Weinflasche. Immer wieder. Ich bat ihn, damit aufzuhören, aber das schien ihn nur zu ermutigen. Er hatte eine hübsche Stimme, aber als er mit der Piaf anfing, schlug ich so lange auf ihn ein, bis er lachend zusammenbrach und wir uns wieder küssten.

Er sagte, ich liebe dich nicht, also darf ich nicht mit dir schlafen.

Barenberg! Brülle ich. Barenberg, verdammtes Arschloch, Wichser, Mädchen!

Der hört nicht. Der schläft wie ein Toter, jedes Baby wäre längst aufgewacht und würde schreien. Dann könnte ich wieder hochgehen in Barenbergs Wohnung, ihn aus den zerschlafenen Laken wickeln, meine Lippen auf seinen Bauch drücken und pusten, bis er zu lachen anfängt. Aber Barenberg hört nicht. Barenberg pennt.

Ich schnuppere noch einmal den Treppenhausgeruch, dann drücke ich die Haustür auf und trete auf die Straße. Der Schnee ist gelb und klumpig gefroren. Es ist scheißkalt. Ich straffe mich, stoße die Hände in die Manteltaschen, fühle das feuchte Taschentuch an den Fingern. Auf den Gehweg wird man's wohl werfen dürfen. Ich habe Barenberg das Rauchen beigebracht, dass man Alkohol trinkt und mit Frauen schläft, ohne sie zu lieben.

Martin Maria Weihnrich

die schöne in der wanne
sah aus als schliefe sie
nur das rot brannte in den augen
die spur der fallenden
auf den weissen fliessen
die verabredung musste sie absagen
in dieser stille
leckt der abfluss
der finger am stöpsel
das badewasser war lauwarm
in einem hinterzimmer
versammelte männer mit
bleichen gesichtern
die hutkrempe zwischen den fingern

an kinowänden
siehst du die einschläge von kugeln
hinter den köpfen der besucher
currywurstträume
darüber das girl des monats
der killer betritt gut gepflegt
den rasen
das opfer trägt einen langen stock
und angst im gesicht
strassenbahngeräusche
verhindern das unbemerkte
verschwinden
nach den zwei stunden
haben alle das
unerhörte entdeckt
er lächelt, sie zupft an den lippen
es folgt die liebesszene

Nadja Einzmann

Die Freundin meines Freundes

Dass mein Freund jetzt wieder eine Freundin hat, kann ich ihm nicht verdenken. Er war lange, zu lange allein. Hübsch ist sie, sieht ganz anders aus als ich, mit viel weißem Fleisch um die Hüften und auch die Schultern rund und weiß. Er hat sie mir nicht vorgestellt, sie saß einfach dabei auf einer Gartenparty, lachte, als hätte sie nie anderswo gesessen und mit anderen Leuten. Ich war etwas später gekommen, die Lichterketten über den Bäumen leuchteten schon rot, grün, blau und gelb, und es wurde kühl.

Ich unterhielt mich meist über den Tisch hinweg und musterte sie nur aus einem Augenwinkel: kein Mauerblümchen, sicher nicht. Wie sie die Hände in die Luft warf beim Erzählen oder die Finger in einem sanften Schwung nach außen drehte, gefiel sie mir durchaus. Ein graues Strickkleid trug sie aus glänzender Wolle, ein Kettenhemd, ein Schuppenkleid, jeden Fischer hätte sie damit aus seinem Boot und in die Fluten ziehen können. Wie es über ihre Rundungen fiel und zeigte, was es sollte, das war durchdacht.

Nicht ihretwegen war ich Richtung Buffet gegangen, sicher nicht, nur ein Stück kalter Pizza hatte ich mir holen wollen. Aber da stand sie, hatte den Kopf zur Seite geneigt und schaut so von unten herauf, einem schlaksigen jungen Mann in die begehrlichen Augen. Sie sagte kaum etwas, nichts Entgegenkommendes jedenfalls. Aber sie hörte zu, lachte und tänzelte hin und her auf ihren dünnstieligen, silbernen Riemchensandaletten.

Sie ist ein voller Erfolg, sagte mein Freund stolz, und war wenig aufmerksam, als ich ihm etwas erzählte. Es trockneten mir die Worte im Mund, und blass war ich sicher und langnasig, wenn er so glücklich nach ihr ausspähte, einen Zipfel ihres Kleides zu erhaschen, ihre Hand weiß um ein Glas oder ein wenig Bein. Sachlich kam ich mir vor, langweilig und kantig, als wäre ich in einer Küche besser aufgehoben oder im Büro, als gäbe es keinen Grund für mich hier zu sein auf diesem sommernächtlichen Fest, auf dem die Lichter bunt ineinander schwammen und Reden hin und her gingen klug und glänzend. Wein verblutete in den Gläsern, Bier floss, und mal trieb die Strömung sie her zu uns und dann wieder fort. Immer hatte sie eine Hand im Haar, in ihrem unverschämt langen, lockigen Haar, und immer lachte sie, wie für ein Foto mit weit offenem Mund.

Sicher, auch meine Stimme war einmal nicht irgendeine für ihn. Und ich weiß noch gerade erst seine Hand auf meinem Arm. Aber unsere Gespräche waren mir lau gewesen, wie Waten in seichtem Wasser, keine Strömung, keine dunkleren Tiefen, und sein Mund zu wenig Lippe, als dass ich meinen darauf hätte legen mögen.

Jetzt tanzte er enger mit ihr, als mit mir je, und lagen nicht auch seine Arme brauner und muskulöser um ihre Hüften? Kaum einmal ein Blick zu mir hin, die ich alleine auf meinem Stuhl saß, nach Tanzen war mir nicht zu Mute. Auch hätte ich meine Schritte nicht mehr so setzen können wie früher, als seine Augen noch auf mir ruhten, und er sollte es nicht sehen.

Ich zwinkerte den beiden zu – diese Kumpanei wird erwartet, und führte Frauengespräche mit ihr, als sie sich zu mir setzten. Vorzuwerfen habe ich mir nichts. Ein glattes Ende. Und unsere Nähe war seine zu mir gewesen. Nur dass ich ihm zum Abschied »Sei vorsichtig« und »Auf die kannst du nicht bauen« sagte, war unnötig und geschah nicht aus Sorge.

Edgar Leidel

Zurück im Ring

die Chancen stehen schlecht
ich häng in den Seilen
meine Deckung ist unten
und ich bezieh ordentlich Prügel

sie zählen mich an
aber auszählen werde ich mich selbst
wenn ich jetzt schlecht stehe
bei diesen Chancen

So ganz und gar ohne Sarkasmus

sitze hier um 3.30 nachts
und rauche zigarre mit meinem toten großvater
das fest war gut
die leute sind gegangen
wir haben die meisten lichter ausgemacht
und jetzt sitzen wir hier um 3.33 nachts
beim letzten glas und rauchen zigarre
wir sagen nicht viel
weil alles gesagt ist
weil das einvernehmen so
sowieso viel echter ist –
so wärs gemeint gewesen
aber der alte herr
liegt seit jahren unter der erde
und ich komme mir beklaut vor
weil ich nicht schnell genug ein mann wurde
um mit ihm hier zu sitzen
beim letzten glas und zigarre
wie zwei die zu einem geheimen bund gehören
ich lösche das letzte licht um 3.50
und habe weihnachten wieder mal überstanden

Andrea Jaenicke

Kapitel 27

Seit fünf Tagen ist es heiß. Eine Affenhitze. Opa sagt, es sei der heißeste Sommer seit 1945. Oma sagt Schnickschnack, das war gar nicht der Sommer, der so heiß war, sondern der Winter war so kalt, '45.

Aber Opa sagt Nein, das weiß er noch ganz genau, dass es so heiß war, weil, da hat er doch beim Iwan im Lager gesessen und jeden Tag in die Steinbrüche müssen. Oma stöhnt. Der Opa war nie in Russengefangenschaft. Der war ja nicht mal Soldat. Nicht mal bei der Hitlerjugend wollten sie den haben, weil er so schlecht gesehen hat. Blind wie ein Maulwurf in der Südsee, sagt Oma. Sogar zum Schluss, als sie nun wirklich jeden genommen und sie ihn zur FLAK bestellt hätten, hat sich der Offizier den Opa angeguckt, und wie er gesehen hat, dass der Opa trotz seiner fingerdicken Brillengläser immer noch nix gesehen hat, da hat er ihn zum Bunkerwart gemacht. Da musste der Opa dann immer aufpassen, dass auch alle im Bunker waren, wenn die Flugzeuge kamen, und da hat er dann auch meine Oma kennen gelernt.

Sehen können hat der Opa erst ein paar Jahre später, als der Krieg schon längst vorbei war. Da ist ihm im Betrieb 'ne Betonplatte auf den Kopf gefallen. Erst haben alle gedacht, der Opa wäre tot. Aber dann hat der Opa die Augen aufgeschlagen und sehen können und ganz laut »Jessas Maria« gerufen. Und Maria, das war meine Oma, und da haben die beiden gewusst, dass sie was für einander empfinden, und vier Tage drauf haben sie dann geheiratet.

Zwei Wochen danach hat meine Oma dann meinen Vater zur Welt gebracht, ein Jahr danach meine Mutter. Oma sagt, sie hatte das vom ersten Augenblick an gesehen, dass meine Eltern gut zueinander passen, und mein Vater sagt Ja, das könne wirklich jeder sehen, dass er gut zu meiner Mutter passt.

Es ist schon toll, wie wir alle zusammenpassen, Oma,

Opa, Mama, Papa, Elisabeth und ich. Elisabeth, das ist Mamas beste Freundin, und sie gehört praktisch zur Familie. Am Anfang war es Papa gar nicht so recht, wenn Elisabeth bei uns war. Dann muss er nämlich auf dem Sofa im Wohnzimmer schlafen, und Elisabeth schläft auf seiner Seite im Ehebett, und manchmal schließt Mama auch die Schlafzimmertür hinter ihnen ab. Aber irgendwann hat Papa gemerkt, dass man ganz prima nachts fernsehen kann, wenn man sowieso im Wohnzimmer schläft, und ohne uns andere zu stören. Seitdem findet er auch, dass Elisabeth gut zu uns passt.

Als ich vier war, hatte ich 'n ziemlich schlimmen Unfall. Da bin ich bei uns vom Dach gefallen, als ich Schornsteinfeger gespielt hab, und als ich unten war, bin ich noch dem Papa untern Rasenmäher gekommen. Seitdem hab ich an einer Stelle keine Haare mehr, und Oma strickt mir immer Mützen dafür.

Jedenfalls, als ich da im Krankenhaus lag, war da so'n Arzt, der das gar nicht gut fand, dass Mama und Papa meine Eltern sind, und der wollte das irgend so'nem Amt sagen, dass die mich wegholen und ins Heim stecken. Aber dazu ist er dann nicht mehr gekommen. Er hatte nämlich auch einen Unfall, mit dem Auto, und dabei ist er gestorben. Oma sagt, die Leitung für die Bremsschläuche wäre defekt gewesen, aber das hätte nie einer nachweisen können. Da kann man mal wieder sehen, was für ein Glück wir haben. Wir sind bestimmt unter den glücklichsten Menschen der Welt. Manchmal ist mein Herz so voll, dass ich raus muss, aufs freie Feld und mein Glück ausatmen, und dann hoffe ich, dass ein anderer irgendwo auf der Welt, der nicht so glücklich ist, es einatmet und von tief innendrin die Wärme spürt, die mir meine Familie gibt.

Manuel Neumann

WO?

Jetzt sind sie fort die Schnüffel-Hunde,
wer hat sie letztlich noch gesehn,
wer weiß es noch, wer gibt mir Kunde,
was ist mit ihnen wohl geschehn?
Die Gaffer, die Lauscher, die Stasi-Tanten,
die Späher durchs Schlafzimmerschlüsselloch,
die Spitzel, die Bonzen, die Denunzianten,
gab es sie einst, und gibt es sie noch?

Wer hat bei Wahlen gefälscht, betrogen,
wer hat sich mit Schmiergeld eingedeckt,
wer hat die Leute angelogen
und selbst das Beste eingesteckt?
In welches Land sind sie geflohen,
die kleinen Tyrannen am Grenzübergang,
ob sie noch immer wen bedrohen,
ob ihnen allein die Flucht gelang?

Die Pakete-Öffner und Privatbriefe-Leser
im Namen der staatlichen Sicherheit,
Freiheitsmörder und Wahrheitsverweser,
wer hat sie gesehen in letzter Zeit?
Und ganz in der Nähe, der gut Bekannte,
der kleine Nachbar von nebenan,
und der, der Freund mich einmal nannte,
war der wohl auch ein Stasimann?

Sie gingen schnell und leis verloren
im Winter nach der Wendezeit,
sie haben das Hirn sich wohl erfroren
und ihr Gedächtnis eingeschneit.
So leicht ist es, den Kopf zu drehen,
und alles war ein böser Traum,
und wer als schuldig angesehen –
was, einer nur? Man glaubt es kaum!

Texte der Preisträger
(Autorenwerkstatt)

Johanna Merhof

Rotwein macht blöd

Wir trinken
zu viel
Damit Verlegenheit
Begründet wegzukichern ist
Das Lachen
Scheint auf unseren
Gesichtern
Festgemeißelt
Wir reden
Über Belangloses
Ich lausche
Auf
Den
Rauen
Klang
Deiner Stimme
Kerzenflackern
Macht den Weichzeichner
Es ist eine schöne Lüge
Heute Nacht
Die solange dauert wie ein Leben

Unchain my heart

wenn ich wieder
wild gestikulierend
eben noch schlag auf
schlag verstumme
offenen mundes der
fischähnlich ziemlich
dämlich aussieht wie
du schmunzelnd bemerkst
unfähig bin auch nur einen
klaren gedanken zu fassen
dann weil mich dein blick
traf durchzuckend aus
der bahn warf und mir
erneut bewusst wurde wie
sehr ich heute und früher
wie später also immerdar
verliebt in dich war

Hannes Zimmer

Currywurst

Ich wache auf. Es ist schon dunkel draußen. Es ist bestimmt schon sechs, eher halb sieben Uhr abends. Meine Augen fallen wieder zu, ich bin müde. Weshalb bin ich eigentlich aufgewacht? Ach ja, die Füße. Die Füße sind kalt, und mit kalten Füßen kann man nicht schlafen. Ich ziehe sie ein – unter die Decke. Es hilft nicht viel. Die Decke ist viel zu dünn. Meine Füße bleiben kalt. Ich lausche. Es ist still. Kein Vogel ist mehr zu hören. Haben sie je gesungen? Es ist, als hallten die Gedanken von den kahlen Wänden. So still ist es. Irgendwo in der Wohnung tropft ein Wasserhahn. Der Schall bricht sich an der Zimmerwand. Ich öffne meine Augen und stehe auf. Der Boden ist kalt. Ich ziehe mich an und verlasse den Raum. Im Bad gibt es einen Spiegel. Er ist nur noch zur Hälfte ganz – aber immerhin. Ich schaue mich an. Schwarze Ringe zeugen von wenig Schlaf. Das Wasser ist eisig, aber weckt. Ich beobachte, wie es mir im Gesicht hinunter rinnt. Es fühlt sich gut an auf meiner Haut. Das Handtuch ist schon ganz grau. Brinkmans haben sogar vier, wir hingegen nur zwei. Ich habe sie gesehen, die Handtücher, als ich neulich Sophie besucht habe. Sie war so dünn. Sonst ging es ihnen gut. Die Birne flackert. Ich hoffe, sie wird halten. Wir haben noch drei in unserer Wohnung, und langsam werden sie knapp. Zuerst war die Wohnzimmerbirne kaputt. Das war nicht schlimm. Wir tauschten sie einfach gegen die im Schlafzimmer aus. »Im Schlafzimmer braucht man kein Licht«, haben meine Eltern gesagt. Aber ohne Licht fällt das Aufstehen so schwer. Ich vermisse das Licht morgens. Letzte Woche fiel es über dem Gasherd aus. Mutter brauchte Licht zum Kochen. Vater hat ihr die Birne aus dem Treppenhaus besorgt. Ich glaube, er tat es nachts. Er spricht nicht darüber.

Ich höre die Haustür im Erdgeschoss. Jemand kommt die Treppe hoch. Ist es Mischa von nebenan? Jetzt höre ich ihn. Ich höre seine schweren Atemzüge. Es ist dieser schlurfende

Gang, der meinen Vater verrät. Auch er ist müde. Er arbeitet hart. Sie bauen Häuser fünf Straßen weiter. Neue, große Häuser. Wohnungen mit Heizungen in jedem Zimmer. Die Menschen, die in diesen Häusern wohnen, brauchen sich um Licht keine Sorgen zu machen. Die Tür geht auf. Ich sehe meinen Vater. »Komm Junge«, sagt er leise, »setz dich zu mir.« Wir sitzen am Tisch. Die Glühbirne hängt tief von der hohen Decke. Das Licht ist weiß. Ich schaue meinen Vater an. Er ist dünn, aber nicht hager. Seine Arme sind sehnig und stark. Er sieht mich nicht an. Das Gesicht wirkt grau in dem weißen Licht. Seine hohe Stirn ist Platz von tiefen Falten. Es sind mehr geworden in den letzten zwei Jahren. Er starrt an die Wand hinter mir. Seine Augen liegen tief. Ich mag sie besonders. Sie leuchten. Sie tun es nicht oft, doch wenn sie es tun, dann scheint es, als ob ein Funke überspringt. Früher haben wir oft gelacht, mein Vater und ich. Jetzt muss er arbeiten. Er schaut mich an und lächelt sanft, doch seine Augen schweifen ab. »Was hast du gemacht?«, fragt er schließlich. »Geschlafen«, antworte ich leise. »Wo ist Mutter?«, will mein Vater wissen. »Ich weiß nicht«, sage ich, »Essen holen vielleicht.« »Hmmh«, brummt mein Vater zustimmend. Er steht auf und holt sich ein Glas Wasser. »Hast du Mischa gesehen?«, will er wissen. »Nein,« erwidere ich, »und gestern auch nicht.« »Er war heute nicht auf'm Bau«, murmelt Vater. »Ich hoffe, er ist nicht krank oder so.« Mischa ist der älteste Bewohner unseres Wohnheimes. Er ist bereits Anfang siebzig und wohnt auf der anderen Seite des Treppenflures. Seine Wohnung grenzt an Brinkmans. Seit dem Tod seiner Frau vor drei Jahren, arbeitet er wieder. Letzte Weihnachten verbrachten wir gemeinsam. Er erzählte Geschichten aus seiner Jugend. Lustige Geschichten und traurige. Aber sie handelten alle von der Zeit vor der großen Machtergreifung. Da war ich noch nicht geboren. Meine Eltern mochten die Geschichten von Mischa. Dieses Jahr feiern wir wieder mit ihm. Er hat versprochen, erneut Kerzen mitzubringen, Kerzen und Geschichten. Wenn Mischa zu Besuch ist und die Kerzen brennen, ist es viel heller bei uns.

Selbst tagsüber ist es nicht richtig hell im Haus. Vater

sagt, das liege an dem Ruß auf den Fensterscheiben. Der sei schon alt und ließe sich deshalb nur schwer entfernen. Putzmittel können wir uns nicht leisten, und so haben wir uns eben daran gewöhnt. »Wo bleibt nur Mutter?«, fragt Vater erneut. »Vielleicht ist sie noch rüber zu Brinkmans,« entgegne ich. »Hmm,« brummt mein Vater. Sophie Brinkman ist in meiner Klasse. Sie ist neu zugezogen. Vor zwei Monaten kam sie mit ihrer Mutter in dieses Haus. Ihr Vater war Jude, glaube ich. Jetzt ist er tot. Manchmal treffen wir uns. Meistens bei ihr. Wir denken uns dann irgendwelche Geschichten aus oder wir reden einfach nur. Sie ist das einzige Kind in diesem Haus neben mir. Sie hat langes schwarzes Haar und dunkle Augen. Sie sagt, sie kannte ihren Vater kaum, aber ich glaube ihr nicht. Ich sehe es in ihren Augen. Die sind dann leer und fangen an zu blinzeln. Ihre Mutter arbeitet in der Fabrik. Auch sie hat schwarze Haare. Ich mag sie. Sie lächelt mir immer zu, wenn ich da bin. Sophie sitzt jetzt neben mir. Die anderen Jungen haben schon gelacht, aber mir ist das egal. Sophie ist gut in Mathe, und da hilft sie mir. Morgen ist Dienstag und wieder Schule. Ich habe noch keine Aufgaben gemacht. Ich mache fast nie meine Aufgaben. Ich bin viel zu müde.

Meine Füße sind kalt und ich habe Hunger. Eigentlich habe ich immer Hunger. Man hat sich daran gewöhnt. Seit einiger Zeit gibt es auch wieder etwas mehr zu kaufen. Die kleinen Läden haben wieder geöffnet und die Schaufenster füllen sich. Mein Vater meint immer: »Wenn wir es uns schon nicht leisten können, diese Sachen zu kaufen, so können wir sie uns nun wenigstens anschauen.« Ich verstehe ihn nicht. Vom Hinsehen werde ich nicht satt. Ich sehe weg. Und jetzt auch noch die Schulaufgabe. Seit einiger Zeit gibt es mehr und mehr Sorten von Lebensmitteln. Unsere Aufgabe für den Deutschunterricht ist es, diese Tatsache zu beschreiben. Wir sollen ihre Auswirkungen auf die Bevölkerung anhand von Beispielen untersuchen. Ich habe die Currywurst abbekommen. Nicht sehr alt, erfreut sie sich wachsender Beliebtheit. Beliebtheit – ich frage mich, wer sie sich leisten kann. Vater sagte einmal, dass sie früher zweimal die Woche Fleisch hatten. Jetzt haben wir es vielleicht einmal im Monat. Und nun so eine Aufgabe.

Die Tür geht auf. Mutter ist endlich zu Hause. In der linken Hand hält sie einen halben Brotlaib und in der rechten ein großes Stück Butter. Sie lächelt uns an. Wir sitzen am Tisch und essen das Brot. Nicht zu schnell, sondern bedächtig. Das letzte Mal aß ich zu schnell. Es war schrecklich, denn der Hunger blieb. Vater starrt auf den Tisch. Er ist still. Jedes Kaugeräusch ist hörbar. Dann sieht er uns an. Und plötzlich ist da jener Funke in seinen Augen, der das ganze Zimmer erhellt. »Ich habe Post vom Bau bekommen,« fängt er an und lächelt. »Wir bekommen Weihnachtsgeld und eine kleine Erhöhung im nächsten Jahr!« Die Worte schweben im Raum. Sie sind kaum greifbar. Meine Eltern schauen sich an und meine Mutter lacht. Ich lache nicht. Ich sitze da und denke. Ich denke an Mischa und weiß, dass er nun wird weniger arbeiten müssen. Was werden wir mit dem Geld machen? Vielleicht reicht es für wärmere Decken im Winter. Es wird heller werden in der Wohnung. Wir können nun endlich die Fenster waschen und neue Birnen kaufen. Und dann denke ich plötzlich an die Schule. Ich denke an Mathe, an Sophie und an Deutsch. Und dann denke ich an Currywurst, und auf einmal fange ich an zu schreiben.

Katharina Weil

Spezialistin für Betonböden

Ich bin wieder in dem Café gewesen. Zum ersten Mal nach fast drei Jahren war ich wieder dort. Seit jenem von dichten Nebelschwaden durchzogenen Novembermorgen. Ich glaube, es war einer der Tage, an denen es nie richtig hell wurde, an denen sich die Dunkelheit wie eine schwere Decke über jeden noch so kleinen und versteckt liegenden Ort, über jedes auch nur geflüsterte Gespräch, sogar über das leiseste Lächeln breitete. Damals an diesem Novembermorgen vor drei Jahren schien mir die Welt dort draußen so verschwommen und in dem Café so wirklich, so erschreckend real, dass ich mich in jeder Sekunde, die ich dort gesessen hatte, immer wieder nach den wirren Nebeln hinter den Fenstern sehnte ... Nichts hatte sich verändert – in diesem Café.

Der Geruch von damals hing in der Luft. Ein Geruch nach Zimt und Apfel, der mich unwillkürlich sanft zu umhüllen begann. Ich rührte meinen Milchkaffee immer wieder um, zählte die Umdrehungen, die mein kleiner Löffel tapfer vollbrachte und starrte krampfhaft auf den hellbraunen See vor meinen Augen. Irgendwann begann ich schließlich meine Blicke aufmerksam durch den nur schwach beleuchteten Raum schweifen zu lassen und stellte plötzlich fest, dass doch etwas anders war, eine Kleinigkeit nur – für jedes andere Auge Übersehbare, aber für mich etwas, was mich zwang, mich in der Vergangenheit zu verlieren ... Der Platz weit hinten am Fenster zum Fluss war leer. Und ich sah mich wieder dort sitzen – sah das Mädchen vor mir. Hanna. Konnte meine Hände beobachten, meine zitternden Hände, die das Diktiergerät nicht einschalten wollten – sah mich, die so gern die Augen geschlossen hätte, um sie nicht anschauen – mich, die sich in diesen Stunden so sehr danach gesehnt hatte, taub zu sein, um ihr bitteres Lachen nicht hören zu müssen. Es waren nur wenige Worte, die sie flüsterte, und ihre Stimme klang zerbrechlich. Ich hatte so große Angst davor, ihre Scherben aufsammeln zu müssen. Und es waren nur wenige Worte, die sie sprach, die sich aber immer schneller und schneller, immer deutlicher zu einer Geschichte formten. Wenn man sie betrachten könnte, meine Erinnerungen an sie, dann fände man nicht das kleinste Staubkorn auf ihrer Oberfläche, suchte man vergeblich nach verblassten, verschwommenen Farben – und wenn man seine Hände über sie streichen lassen könnte, würden sie bei der ersten kleinen Berührung erschreckt zurückfahren, weil sie noch so warm sind, so frisch, und sie ließen meinen Kaffee plötzlich ein klein wenig salzig schmecken ...

Wenn sie leise durch die Schule huscht, dann hinterlassen ihre Schuhe nicht einmal die winzigste Spur eines Abdruckes auf dem Boden der endlosen Gänge. – Als wäre sie niemals dort gewesen. In den Pausen aber, da ist sie, existiert sie, und man kann sie lachen hören. Doch ob es glücklich klingt, ihr Lachen, das hat sich niemand jemals gefragt. Sie zittert und hebt vor Lachen, weil sie jedes Mal, zu Beginn jeder Pause – ein Geschenk erhält: Einen riesigen Karton voll Zeit stellt man ihr vor die Füße. Zeit, die sie sinnvoll nutzen darf ... Sie hat so viel Zeit, in der sie sich jeden Tag den aus vielen gleich großen Quadraten geformten Boden genau betrachten darf. Immer wieder ist sie erstaunt und auch ergriffen über die unzählbare Menge an Füßen, die ihn überqueren, die ihn formen. Füße, die trödeln, immer wieder stehen bleiben, Füße, die hasten, die es richtig eilig haben, aber auch Füße, die wie die ihrigen oft auf halbem Weg zu ihrem Ziel wieder umkehren. Sie kann aber auch sehr mutig sein. Dann geht sie auf die Menschen zu, die, obwohl sie 14 400 Sekunden am Tag neben ihr sitzen, noch nie bemerkt haben, dass sie eine Stimme hat, der man lauschen kann, die weder ihren frischen, klaren Duft, der an einen Strandlauf am Meer erinnert, einsaugen, noch ihren neuen Pulli bestaunen, der doch im Moment so unglaublich in und dessen Preis so hoch ist. Den hat sie sich gekauft, um in den Pausen ihre Augen für den Bruchteil einer Sekunde vom grauen Betonboden, dessen Platten nach ihrer Messung einen Umfang von 450 cm haben müssten, lösen zu dürfen. Ihre Blicke schweifen dann leise und unmerklich über Hosenbeine. Manchmal, wenn das helle Tageslicht durch die großen Fenster flutet und ihren Pullover hell leuchten lässt, ist sie sogar in der Lage, einmal ein Stück Oberkörper zu erwischen. Niemand scheint den leisen Stolz zu entdecken, der in diesen Momenten ihre Augen füllt. Langsam und sehr vorsichtig tragen sie ihre kleinen Füße zu den Menschen, die um 2.30 Uhr, in tiefster Nacht, einem Fremden den kompletten Inhalt des »Kapitals« von Marx perfekt herunter rasseln können, die den »Kleinen Prinzen« vom Französischen ins Deutsche übersetzen – aber die nicht einmal in der Lage sind, ihren Namen zu buchstabieren, weil man so was wie sie eben schnell vergisst. Sie nähert sich meist von links oder von rechts, niemals sieht man sie von vorne kommen. Sie beginnt zu sprechen und zählt in Gedanken glücklich die Sätze, bei denen sie nicht rot geworden ist – nicht gestottert hat. Manchmal schafft sie sogar drei komplette Sätze mit mindestens 20 – 30 Wörtern, Kommas mit eingerechnet. Sie ist sehr gut informiert, aber sie erntet nicht einmal stummen Beifall bei ihren Zuhörern. Sie starren durch sie hindurch, fixieren ihre Augen, die sie an den Norden erinnern, an Alaska, auf einen kleinen unbedeutenden Punkt hinter ihr, während sie sich mit größter Sorgfalt und vor allem mit äußerster Konzentration die Haarsträhnen aus ihren Gesichtern streichen, die die Sicht auf den Punkt gewaltig verschlechtern. Sie hat sich jetzt eine kleine Lupe besorgt, denn als Spezialistin für Betonböden, wie sie sich heimlich getauft hat, muss man seine Arbeit gewissenhaft erfüllen und vor allem sehr präzise ausführen. Neulich ist sie kurz davor gewesen zu entdecken, dass die Platten gar nicht einheitlich grau sind, sondern – Hey, was haben die drei Fußpaare auf ihrem Untersuchungsterritorium zu suchen? Hat sie denn tatsächlich vergessen, eine Absperrung aufzustellen? Verärgert über sich selbst, aber auch empört, richtet sie sich auf und starrt in die Alaska-Augen – starrt und vergisst, dass sie böse war. Ihr Magen krümmt sich vor Freude, sie anschauen zu dürfen, so ganz ohne ihren Pullover, der doch im Moment in der Wäsche ist. Die Aufregung darüber, dass sie mit ihr reden wollen, mit ihr, der Bodenspezialistin, färbt ihr Gesicht dunkelrot. Aber sie, sie schweigen nur, starren sie undurchdringlich an, ignorieren sogar das, was hinter ihr geschieht. Immer häufiger fährt sie sich mit der Zunge über ihre trockenen Lippen, immer öfter muss sie schlucken. Plötzlich rutscht die kleine Lupe auf einer der breiten Schweißbahnen, von denen ihre Handflächen durchzogen sind, auf den Boden hinunter. Ihr sanftes, helles Klirren versucht verzweifelt die unnatürliche Stille, das schreckliche Schweigen zu brechen, aber sie wenden nur stumm ihre Gesichter, die durch Blicke der Verachtung grässlich verzerrt sind, von ihrem zitternden Körper ab und spucken der Reihe nach zweimal vor ihr aus. Bevor sie gehen, tritt noch einer mit aller Kraft auf die zierliche Lupe, die nun selbst zerbricht. Ungläubig betrachtet sie die winzigen Spucke-Pfützen, die langsam ineinander fließen und sich zu einem Halbkreis vereinigen, der sie zu umschließen scheint. »Sie haben an mich gedacht – an mich – wollten mir doch nur helfen ... Sie haben mir eine Absperrung geschaffen, eine richtige Absperrung ...« flüstert sie und vor Freude strömen Tränen über ihre Wangen. Tränen, die sie ihr Zittern vergessen lassen, die erleichtern. Aber plötzlich fließt ein kleines Rinnsal der Spucke an einem Ende des Halbkreises auf sie zu – in ihr Untersuchungsfeld – auf den Betonboden, der nicht einheitlich grau ist ... Vorsichtig sammelt sie die Splitter der kleinen Lupe auf, legt sie behutsam in einen Beutel, den sie tief in ihre Hosentasche herabgleiten lässt, und geht. Sie ist jetzt auf der Suche. Auf der Suche nach jemandem, der ihr erklären kann, warum sie ihr nicht einmal ein kleines Stückchen Boden lassen, was sie Leben nennen darf. Sie hat einen Freund. Einen Freund, der lange Haare und dunkle Klamotten trägt. So einen Freund zu haben – das macht sich gut – viel besser noch als ihr Pullover. Und manchmal, wenn sie ihn spät abends besucht, spielt er für sie auf seiner Gitarre und lässt sie vergessen, dass sie Spezialistin für Betonböden ist. Und wenn sie mit ihm durch die Straßen geht, gelingt es ihr sogar für einen klitzekleinen Augenblick, ihre Augen in die der ihr entgegenkommenden Menschen schauen zu lassen. Aber als sie an diesem Abend in seine Wohnung tritt, liegt die Gitarre in einem großen Koffer verpackt in einer der hintersten Ecken seines Zimmers. Und er – er steht breitbeinig im Flur, grinst sie an und hält ihr drei Kondome wie aufgefächerte Spielkarten vor die Nase: Ein rotes, ein blaues und ein gelbes. Sie darf sich sogar eines aussuchen und – hat im Moment keine Zeit, ihm ihre Frage zu stellen, die in den Splittern der kleinen Lupe liegt, leise in ihrer Hose schlummernd, die sie erst jetzt, nach einer Stunde wieder trägt. Sie steht an einem der weit geöffneten Fenster, kühle Nachtluft legt sich wie ein Schleier um ihr blasses, kleines Gesicht. Sie schiebt ihre Hände in die Hosentasche, greift in einen Beutel und schreit erschrocken auf. Sie reißt ihre Hände blitzschnell wieder in die Luft zurück. Angstvoll beobachtet sie den winzigen Blutstrahl, der aus ihrem linken Zeigefinger schießt und lacht auf: »Sie ... haben immer auf alles Antworten, kluge Antworten, aber auf meine Frage« ... Ihr Lachen wird lauter, schwillt an, klingt schrill, fast hysterisch ... »auf meine Frage ... werden sie nicht einmal eine dumme finden.« Sie leckt das Blut ab, schließt schnell das Fenster und verlässt den Raum, während sie nun wieder leise zufrieden vor sich hin flüstert: »Ich werde mir eine neue Lupe besorgen – eine größere«.

»Ist alles in Ordnung mit Ihnen? Tut mir Leid, dass ich Sie störe, aber wir schließen in zehn Minuten ...« Erschreckt fuhr ich auf, starrte in das Gesicht der freundlichen Bedienung aus dem Café, in dem ich immer noch saß und murmelte so etwas wie »Ja, ja, ich wollte sowieso gerade gehen.« Die junge Frau sah mich eine Weile forschend und aus ein wenig besorgt blickenden Augen an, wandte sich dann aber plötzlich von mir ab und ging. Ich starrte meine leere Kaffeetasse an. »Hanna wäre gestern 19 geworden«, flüsterte ich ihr zu. Sie antwortete mir, indem sie die durchsichtige Flüssigkeit, die nun unaufhaltsam aus meinen Augen zu strömen begann, ohne Zögern in sich aufnahm. Gut, dass ich sie schon lange vorher ausgetrunken hatte. Ich hasste verdünnten Kaffee. Kaffee mit sicherlich mehr als nur einer winzigen Prise Salz auf meiner Zunge ...

Franziska Wilhelm

Im Wind

Man spielte mir einen Zettel zu, »Vorsicht« stand darauf. Ich warf ihn in den Wind, der die Laken zerwühlt hatte, oder waren wir das gewesen? Du hast am offenen Fenster gestanden und gelächelt. Das war, als wir Sekt aus Kaffeetassen tranken, dem Gummibaum Selters gaben und die Welt noch rund war. Das war vor Brüssel.

Nach Brüssel fehlte der Welt ein Stück. Doch ich bemerkte erst nichts davon. Es war noch ein bisschen wie immer. Dann hast du mir von der Kuhle erzählt. Rechts auf deiner Hüfte. Walnussgroß. Der Gummibaum zitterte, der Kaffeetassenhenkel blieb stark, er hatte es vielleicht schon geahnt. Er hielt mich, als ich zum Bett ging. Die Laken waren noch zerwühlt, aber sie froren. Ich gab sie zur Kochwäsche, bevor ich in den Park ging.

Es regnete nicht an diesem Mittwoch. Ich hoffte noch, dass sich die Sonne hinter grauen Wolken verstecken würde. Vergebens. So kehrte ich wieder um. ›Eine winzige Kuhle‹, dachte ich auf dem Heimweg, Bedeutungslos. Du hattest gesagt, Brüssel bedeutete dir nichts.

Als du mir die Tür öffnetest, lag die Kuhle durch deinen Pullover verdeckt. Ich konnte sie aber durch die Wolle des Pullis hindurch spüren, und ich bekam diesen Geschmack von bitteren Walnüssen auf der Zunge, du hast Kaffee gekocht und der Kaffeemaschine von unserem Hausboot erzählt. Ich saß am Tisch und habe meine Augen, weit weg von der Hüfte an deinem Nacken festgemacht. Du hast lange mit der Kaffeemaschine gesprochen. Sie war auch der Meinung, dass das für uns nicht das Ende sein könnte. Ich fand sie sehr überzeugend. Ich blieb. Du hast deine Arme um mich gelegt und deinen Kopf an meinen Hals gelehnt. So haben wir dagestanden. Ich beschloss nicht mehr auf deine Hüfte zu schauen. Keine Hüfte, keine Kuhle. Ich habe an deinem Haar gerochen. Es duftete nach Wind und Aprikosenshampoo. Ich musste an den letzten Sommer denken, als wir zelteten und dich die Wespen verfolgten. Wegen des Aprikosengeruchs.

Ich habe Theaterkarten gekauft – ein Tipp der Kaffeemaschine. Du hast gelächelt und dein schwarzes Kleid angezogen. Es war ein modernes Stück. Es wurde viel geschrien und einer hat sich bis auf die Socken ausgezogen. Du hast nur den Kopf geschüttelt und gemeint, dass er wegen einer solchen Kleinigkeit auch die Unterhose hätte anlassen können. Ich musste lachen und verschluckte mich an meinem Hustenbonbon.

In der Pause bestellten wir Sekt in Kaffeetassen. Die Frau setzte das Tablett und ihr freundliches Gesicht ab. Für solche Scherze sei sie nicht zu haben, erklärte sie. An einem Ort der Kultur gäbe es keinen Sekt aus Tassen.

Aber Männer ohne Unterhosen. Wir sind den ganzen Weg nach Hause gelaufen. Du hast die violetten Fenster gezählt, die mit dem Pflanzenlicht. Ich bekam für jedes einen Kuss.
   Dann standen wir vor unserem Haus. Die Treppe. Die Wohnungstür. Der Flur. In der Küche warteten die Kaffeetassen vergeblich. Der Sekt blieb im Kühlschrank. Noch in unseren Mänteln fielen wir durch die Schlafzimmertür auf die frisch gewaschenen Laken. Ein paar trockene Blätter lösten sich vom Gummibaum. Der Nachtwind. Meine Hände folgten ihm auf seinem Weg über deine Haut. Sie entdeckten deine Hüften. Ich wollte die Kuhle jetzt nicht spüren. Aber sie war da. Walnuss groß, halbrund, glatt. Meine Finger glitten heimlich über sie hinweg. Ich musste an Brüssel denken. Du und der andere. Er hatte einfach ein Stück aus dir herausgeschnitten, es mir weggenommen. Wie konnte er das gemacht haben? Sicher war er vorgegangen wie ein Chirurg. Millimeter für Millimeter hatte er sich vorgearbeitet. Stück für Stück abgetragen. Insgeheim wünschte ich mir, dass er es dir einfach herausgerissen hatte, sodass du völlig überrascht warst und nichts dagegen tun konntest. Doch du lässt dich nicht überrumpeln. Er war ein Chirurg

mit Chirurgenhänden, und du hast sie zugelassen. Die frischen Laken waren feucht, aber nicht warm. Ich fror. Diese Nacht schlief ich auf dem Sofa. Du hast nichts gesagt. Auch beim Frühstück nicht. Du bist gegangen. Die Kaffeemaschine ist mitgekommen. »Vielleicht ist es besser so« hast du an der Tür gesagt, und die Kaffeemaschine hat dazu genickt.

Es regnete auch an diesem Mittwoch nicht. Ich stellte mich unter die Dusche. Aber das war nicht dasselbe. Im Schlafzimmer stand der Gummibaum. Vor ihm auf dem Boden lagen ein paar welke Blätter. Er zitterte noch ein bisschen vom Wind, und ich schloss das Fenster.

Katja Thomas

Hinter Glas

Ein Zug fährt vorbei. Nicht jeder hält hier. Ist ja auch 'n Kaff hier, verständlich also. Nun stehe ich hier, warte auf einen, der hier hält und mich von hier fort bringt. In den vorbei rasenden Fenstern des Zuges steht ein Gesicht, gleich einer durch Wind bewegten Kerzenflamme. Es schaut mich an, flackernd, nach kurzen, abgehackten Unterbrechungen immer wieder erscheinend. Bis der Zug vorüber ist. Es war meins.

Wenn dein Blick durch eine Scheibe fällt, zum Beispiel durch die eines Zugfensters, siehst du Menschen. Verschiedene Menschen, je nachdem, von welcher Seite des Glases du schaust. Du betrachtest Menschen, auf die sich dein eigenes durchbrochenes Schattenbild legt, und so manche Träne, die du auf einer fremden Wange zu erkennen glaubst, könnte auch dir gehören. Oder du glaubst zu lächeln und tust es doch nicht. Das ist das Trügerische an Fensterscheiben. Angenehm ist, dass sie dich vor Regen schützen, vor kaltem Fahrtwind oder zu heißem Sonnenlicht. Wenn du drinnen sitzt.

Wie die alte Frau zum Beispiel, die strickt. Ihre Gesichtszüge scheinen eingeschlafen, nur die munteren, kleinen Augen verfolgen mit dem automatisierten Kling-Klang der Stricknadeln, die sicher in vielgebrauchten Händen liegen, die Strickbewegung. Sie muss an ihren Max denken. Komisch, jetzt hier auf dem Weg zu ihrer Tochter.
Die leise Ahnung einer Sorge stiehlt sich in ihre bequeme Bedächtigkeit, in die sie sich zurückgelehnt hatte. Ein leicht angedeutetes, kaum wahrgenommenes Stirnrunzeln entspannt sich jedoch schnell wieder, und die tiefe Sorgenfalte flüchtet noch vor ihrem Entstehen zurück in die tausend anderen, altersbedingten.
Sie hat ja für alles gesorgt. Jetzt freut sie sich auf den

Nachmittag bei ihrer Tochter. Sie wird wieder Kuchen gebacken haben.

Weiß jemand von Maria, die im Blumenkleid in einem kleinen Sessel ihres großen Hauses sitzt und weint? Ungebrochen fallen die Schatten der elegant modernen Einrichtung des Wohnzimmers durch dessen große, gardinenlose Fenster. Nur unentschlossene Bewegungen werden von ihnen verschluckt oder winzige Staubkörnchen, die das Auge reizen könnten. Jeder beneidet die junge Familie um ihr Glück, jeder der am Haus vorbeigeht. Doch weiß jemand von Maria, die die Rosen auf dem Stoff ihres leichten Kleides mit Tränen bewässert? In der Küche strahlt der Herd eine wohlige Wärme, die schmeichelnd um den Duft frisch gebackenen Kuchens streicht. Herd, Stufe sechs. Maria lehnt sich mit dem Rücken daran, die Hitze verkohlt Schmerz, dunstet Tränen fort. Sie bäckt wohl einen Kuchen, ein Sahnetüpfelchen für einen idyllischen Nachmittag in Familie. Mit Teig, ganz ohne Tränen, da er in trockener Hitze entstand.

Die alte Frau ist schon froh, dass alles so gut geklappt hat mit dem Haus, dem Kind und allem. Das Leben war schwer genug. Da hat sie sich einen ruhigen Lebensabend verdient. Das sieht jeder, das gönnt ihr jeder, der alten Frau mit dem Strickzeug. Niemand würde es ihr neiden. Die eigene, kleine Wohnung, die sie im Obergeschoss des Hauses haben wird. Einen eigenen Garten. Mohrrüben kann man dort haben, Salat, Tomaten und viele Blumenrabatten. Eine wundervolle, große Küche. Bei den Kindern, beim Enkel. Nette Nachbarn, freundlich. Und putzige, kleine Gartenzwerge aus echtem Porzellan. Große Wiese, auf der ihr Mäxchen herumtollen kann.

Die süßen Erwartungen lassen ihr Herz schneller schlagen und schläfern das eifrige Tun ihrer Hände ein. Sie legt das Strickzeug beiseite und döst ein bisschen vor sich hin.

Maria hat alles, wovon sie je geträumt hat. Allerdings weiß sie nicht mehr so recht, was sie eigentlich einmal träumte. Ein nettes Einst, sorgloses Jetzt, gesichertes Bald. Kind, Mann. Wohlstand. Angenehmer Beruf. Zwei Urlaube

pro Jahr. Durchs Solarium erstarrte Sommerbräune. Groß-
bildfernseher. Oma, die sich auch mal ums Kind kümmert,
einem vieles abnimmt, ideale Auslastung. Ach ja, zwei Au-
tos. In großer Garage mit Platz für ein drittes. Und vieles
mehr.

Sie ist kantenlos eingegliedert in den alltäglichen Lauf der
Dinge, der sich sogar etwas über dem durchschnittlichen
Niveau bewegt. Es gibt nichts von ihr, was da hinausragt,
die Formschönheit stört. Einmal pro Woche gingen sie aus.
Theater, Kino, sogar anspruchsvoll. Sie verfügten auch noch
– wie es sicherlich nicht selbstverständlich ist bei fünf Jahren
Ehe – über ein ausgeglichenes Sexualleben. Sauber, sicher, ge-
regelte Orgasmen. Warum also dieses Gefühl des Verlustes,
das sie nicht benennen kann? Das Vermissen etwas Unbe-
stimmten? Sie hat keine Möglichkeit, unzufrieden zu sein,
ohne undankbar zu wirken. Früh hatte man ihr Muster be-
reitgestellt und ihr geholfen, diese ohne unnötige Anstren-
gung mit sich ausfüllen zu können. Unzählige, kleine Hilfe-
stellungen, besorgte, aufopfernde Angebote, für die sie dank-
bar sein sollte. Abitur, Studium, Heirat, Kind. Hübsche, sauber abgeschlossene Epochen. Nur was ...? Ein bandagiertes,
in alles Wichtige integriertes Persönchen, auf einer breit ge-
teerten Straße entlang chauffiert, unter Beifall des am Stra-
ßenrand stehenden Publikums. Kein Tanzen nackter Fußsoh-
len auf Felsenklüften, kein Blut. So etwas kennt sie nicht. Ihr
Leben ist bestimmt von wohliger Wärme, ähnlich der, die aus
der Küche herausströmend nun allmählich Besitz vom ganzen Haus ergreift. Dass diese allein aus der Entpolarisierung
extremer Temperaturgegensätze entsteht, ahnt sie höchstens
in einer Art schützenden Unwissen. Nur ein dunkles, tief sit-
zendes Sehnen, das doch nie Gestalt annimmt. Zu lange Zeit
hinter schützendem Glas hat sie etwas taub gemacht. Taubes
Händekribbeln, einschlafen. Sie ist nicht bedroht vom Erfrie-
ren, nicht bedroht vom Verbrennen, da Heizung, da fließend
Wasser. Allerdings schreit Maria manchmal ihr Spiegelbild
an, stumm, vielleicht nur, um etwaiger Starrheit der Worte
vorzubeugen, die ihr manchmal bedenklich tot, gleich plum-
pen Steinen aus dem Mund fallen.

»Könntest du bitte schon mal die Teller auf den Tisch stellen? Mutti müsste gleich kommen«, sagt sie zu ihrem Mann, der meint, ihr Kuchen rieche wieder einmal fantastisch.

In der Kaffeemaschine läuft das Wasser durch den Filter, reißt sämtliche Aromen mit sich in die Tiefe der Kanne und hinterlässt einen nassen, kalten Satz. In dem wird nie gelesen, der landet immer im Abfall. Ob er nicht traurig ist darüber? Maria vermisst das Aroma. Scheint alles eher ein zweiter Aufguss eines nie gekannten ersten. Sie tritt den Deckel des Mülleimers hoch, lässt hinter ihm den nassen Filter verschwinden. Sie würde selbst gern abfallen von sich. Wenigstens ab und zu.

Beunruhigt fährt die alte Frau hoch. Die zerstreuten, ihre Gedanken immer wieder flüchtig durchkreuzenden Sorgen des Alters lassen sie nie lange ruhen. Ob auch alles gut geht mit dem Gassi gehen, mit dem Fresschen?

Gern lässt sie es ja nicht allein, ihr Mäxchen, ihr süßes Purzelchen, ihre Aufgabe. Aber er ist eben immer so ängstlich bei Zugfahrten. Außerdem ist der Nachbarsjunge ja nun wirklich sehr vernünftig und verantwortungsbewusst für sein Alter. Als sie ihm das Geld für ein Eis zusteckte, war er auch so lieb und schüchtern, wollte es erst gar nicht annehmen. »Aber das mache ich doch gern, Frau Meier«, hatte er gesagt. Ein wirklich durch und durch netter Junge, ein anständiger, kleiner, junger Mann. Und so gewissenhaft auch. So zielstrebig. Wie er immer fleißig seine Hausaufgaben macht und wie er Klavier spielt. Zwei, drei Stunden pro Tag. Das klingt immer so schön durch die Wände hindurch. Schön! Sie nimmt ihre Stricknadeln wieder auf und ist fast glücklich.

Hat jemals jemand diesen Baum betrachtet, sich an ihn gelehnt, ihn berührt? Den Baum, unter dem Tommy jetzt sitzt, Er hält ein weißes Knäuel ganz fest an sich gedrückt. Das Fell ist so warm und so weich. Aus der Wollkugel fährt eine nasse, schlabbrige Zunge hervor und schleckt ihm über sein Gesicht. Kein »Ach Tommy, lass das, das ist doch unhygienisch!« Kein »Los Tommy, du musst noch üben!« Klavier spielt man nicht, Klavier übt man. Das macht wenig Spaß. Er drückt das Bündel fester an sich. Max ist sein Freund. Der versteht ihn. Sonst keiner. Und nun soll er bald weg. Geht fort, mit der Frau Meier. Soll ein ganzes Stück fort von ihm. Ist nicht so sehr weit, sagen sie, doch er kann dann nicht mehr in Max' Augen sehen, kann mit ihm nicht mehr über die Wiesen tollen, kann seine Nase nicht mehr in seinem dichten Fell vergraben. Sein einziger Freund soll fort von ihm und ihn in einer sich ihm bisher unerschlossenen Welt voller Pflichten, Ordnungen und Nervigkeiten zurücklassen, aus der immer nur Max ein Ausweg war. Immer hatte er sich einen Hund gewünscht, doch so ein Hund macht Dreck, bringt Sorgen, kostet Geld und Zeit, sagt Mutti, sagt Vati. Max war günstig, angenehm. Stoppt die Quengeleien des Jungen und macht den Dreck nebenan.

Wieder die Zunge in seinem Gesicht, warm und anscheinend verständnisvoll. Ist doch klar, dass Max auch nicht weg will von ihm. Das kann er sehen, in seinen traurigen, treuen Augen. Aber der Hund bleibt natürlich bei seinem Frauchen. Die hängt auch sehr an ihm, das weiß Tommy. Er mag den Namen nicht, nennt sich lieber Tom. Wie in »Tom Sawyer und Huckleberry Finn«. Ach ja, und große Jungs weinen nicht.

Manchmal begibt sich Maria auf einen letzten ihr verbleibenden Fluchtweg. Eine Sackgasse zwar, aber gut genug, um auch einmal eine andere Art von Leere spüren zu dürfen, eine lässigere, unbeobachtetere. Sie erhascht sich dafür einen unbemerkten, flüchtigen Moment, um sich kurz aus dem Haustrott ausklinken zu können. Ein Augenblick wie dieser ist dafür ideal. Der Kaffeetisch ist gedeckt, das Kind spielt. Ihr Mann schaut noch einmal kurz in seine Akten. Die drängen, müssen Montag überarbeitet sein. Noch etwas Zeit, bis Mutter kommt. Platz also für eine weitere, kleine Banalität zwischen all den anderen.

Maria zieht sich zurück. Mama braucht auch mal Ruhe, heißt es dann. Und das stimmt. Gesunder Ausgleich ist wichtig, damit das Seelenleben stimmt. Be balanced, be free

– liest sie in jeder Frauenzeitschrift. Wirkt sich ja auch positiv auf das Familienleben aus. Und wenn Mutter erst hier wohnt, wird ihr noch mehr abgenommen werden. Mehr Zeit für das Kind. Mehr Zeit, ihrem Mann einen Tee zu kochen. Sie zündet sich fahrig eine Zigarette an. Ihr kleines Laster, winziger Formfehler, den aber keiner weiter bemerkt. Raucht ja auch nur in dem einen, kleinen, sowieso nur als Abstellraum genutzten Zimmer. Schon wegen des Kindes. Schon wegen des Gestanks in den Teppichen. Schon wegen der Vergilbung nicht vorhandener Gardinen. Müssen schließlich nichts verstecken, können zeigen, was wir haben. Gesunder, verhaltener Exhibitionismus auf Reihensiedlungsniveau.

Sie sitzt da, in sich zusammengesackt, hält den Glimmstängel in ihrer Hand, die schlaff über dem Knie hängt. Etwas Ruhe. Etwas Ruhe vor der Ruhe. Ein wenig Qualm im Wohlgeruch. Ein kleines Theaterstück mehr, ein etwas verruchtes, auf der perfekt ausgestatteten, stets sauber gehaltenen Bühne. Eine Rolle neben vielen. Ein bisschen Asche auf den vorher von ihr gewischten, weißen Bodenfliesen. Das macht nichts weiter. Sie umschließt den Stängel mit ihren Lippen, saugt gierig den Rauch tief in ihre Lunge hinein, will sich spüren, und sei es auf diese Weise. Eine Illusion von Hitze, die am anderen Ende glüht, wenn man an ihr zieht. Ist sie aufgebraucht, wird sie mit dem Daumen zerquetscht. Unerwünschte, bereits abgebrannte Reste werden zwischendurch abgekickt. Irgendwann fliegt dann der klägliche Stummel der Asche hinterher. Ist wie mit dem Leben, denkt Maria. Man raucht Abschnitt für Abschnitt, immer süchtig nach dem nächsten, der jedoch kein bisschen anders schmeckt als der vorherige. Am Ende steht dann ein Aschenbecher, gefüllt mit unzähligen, nach kaltem, abgestandenem Qualm stinkenden, in Asche gebetteten Stummeln. Eine Art Selbstbetrug.

Es klingelt. Dieser vertraute, da neutral gehaltene Ton, weckt sie aus ihrer Lethargie. Sie drückt die halb aufgerauchte Zigarette aus, steht auf, schüttelt verirrte Ascheblättchen vom Kleid. Schaut noch kurz in den Spiegel, schreit nicht, sondern sucht nach dem passenden Lächeln, um kurz darauf ihrer Mutter die Tür zu öffnen und sie mit einem Küsschen zu empfangen.

Da gehen Menschen vorbei, wie Tausende es tun. Sehen einen kleinen Jungen gegen einen Hund gelehnt. Wie entzückkend, denken sie, wie liebreizend. Wie gut, dass es noch solche Kinder gibt, die draußen mit ihrem Hund spielen. Nicht nur immer vor dem Fernseher.

Sie gehen vorbei und sehen ein weiß getünchtes Haus mit leuchtend rotem Dächlein, von herrlichem Garten umsäumt. Bilderbuchansicht. Eine Familie sitzt auf der Terrasse zusammen, bei Kaffee und Kuchen. Muntere Atmosphäre. Es wird viel gelacht.

Bilder des Glücks, der Unversehrtheit. Vorbilder für einen selbst, der täglich zu scheitern scheint. So bewundert man die Schaufenster anderer, begnügt sich mit deren ausgestellten Glanzstücken. Die eigene Stimme ist oft unvernehmlich genug. Nach nebenan lauscht man nicht, glaubt gern den aufgesetzten Melodien. Schon nicht viel Zeit für Spaziergänge, wie dann zum Verweilen?

Ein ohrenbetäubendes Quietschen. Und wieder vor mir mein Gesicht, diesmal starr und unbeweglich. Ein Zug, der nicht durchfährt durchs Kaff. Ich überlege, ob ich rennen soll. Meine Ohren sind erfüllt vom Kreischen der Bremsen. So hört sie sich also an, eine Einladung, einzusteigen und Platz zu nehmen hinter Glas.

Wettbewerbstexte,
eine Auswahl

und
ein Nachtrag
zur Nagelprobe 16

Christian Filips

Auf den Wiesen

Pralle Formen, die vom Fetten glänzen.
Sirren, zweier Lippen Flügelspiele.
Auf den Wiesen, wo sie sich ergänzen
Blieben beiden weiters keine Ziele.

Sturzflug in die Gräser, wo so viele
Sich befliegen, dabei ohne Grenzen
Staub aufwirbeln und sich Blütenstiele
dehnen unter Floh- und andern Schwänzen.

Lust auf solche Weisen zu beschaffen,
legen sie im Schattentau sich nieder.
Nicht einmal Insekten könnten gaffen,

diese sind selbst tätig oder bieder.
Wollen Hände grade Früchte raffen,
sticht die Wespe zu und lähmt die Glieder.

Jonila Godole

Der weisse Luftballon

Silvester und die Feuerwerke waren schon lange vorbei, aber ich spielte immer noch mit einem kleinen blauen Luftballonfetzen, den ich sehr vorsichtig aufgehoben hatte. Das, was heute überall an Kiosken oder auf den Strassen Albaniens zu finden ist, war damals ein wirklicher Luxus, der uns nur an manchen Festtagen und an Silvester erlaubt war. Um so lange wie möglich spielen zu können, warfen wir die Luftballons, die während des Jahreswechsels platzten, nicht weg, sondern die Fetzen wurden für weitere Spiele benutzt.

Ich war acht oder neun Jahre alt, als sich das Luftballon-Fieber ausbreitete. Die überlebenden Fetzen wurden mit den Händen von beiden Seiten gespannt und gegen den Mund gezogen. Über die ausgebreitete Fläche öffneten wir dann den Mund (so wie ein »Ü« ausgesprochen wird), saugten schnell ein und verdrehten gleichzeitig das restliche Stück, das herausragte. Aus dem Mund kam eine kleine, durchsichtige Kugel leuchtend heraus, und man wurde selig, wenn man die Kugel mit leichten Bissen zwischen den Zähnen spürte.

Ich erinnere mich, dass meine Lippen vom Einsaugen wund wurden, und dass meine Mutter mir ständig sagte, ich sei kein kleines Kind mehr. Aber das war mir egal. Als sie eines Tages mit der Nähnadel aus Versehen eine von meinen kleinen bunten Luftblasen zum Platzen brachte, lachten wir beide so laut, dass ich dachte, auch die Erwachsenen mochten unser neues Spiel, obwohl sie so taten, als wären sie dagegen.

Nach der Schule, die nur wenige Minuten von unserem Wohnhaus entfernt war, kam ich immer rennend nach Hause, machte die Hausaufgaben und erledigte die Hausarbeiten, die meine Mutter zusammen mit ihren Küssen auf einem Zettel notiert hatte. Mein Vater war oft mit dem Schiff unterwegs, und seine Wiederkehr war ein wirkliches Fest. Meine

Mutter stellte leckere Sachen auf den Tisch, die gewöhnlich die Sonntagsspeise waren, während ich und meine Schwester mit Spannung auf die Geschenke warteten. Er erschien in der Tür, die Hände hinter dem Rücken versteckt – was unsere Neugier steigerte –, und forderte mich als Erste auf, eine Hand zu wählen. Lange wunderte ich mich darüber, dass ich immer nur illustrierte Bücher oder farbige Stifte aussuchte, während meine kleine Schwester sich den Bauch mit Bonbons und Keksen voll schlagen konnte und manchmal sogar auch einen Luftballon bekam; rot, gelb, blau oder grün, die einzigen Farben, die damals existierten.

An jenem Nachmittag, nach der Schule, nahm ich mit ein paar Freunden nicht den üblichen Weg nach Hause, sondern den zu unserem alten Kindergarten, den wir vor fast zwei Jahren verlassen hatten. Früher hatte ich den Kindergarten geliebt, so sehr geliebt, dass es mir nichts ausmachte, jeden Tag mit meiner Mutter um sieben Uhr aufzustehen, denn sie musste zur Arbeit, nachdem sie auch meine Schwester in die Kinderkrippe gebracht hatte.

Der Kindergarten war eine Welt für sich, in der ich damals sehr glücklich gewesen war, besonders weil wir fast jeden Tag neue Lieder über die Partei, »Onkel« Enver* und unser fröhliches Kinderdasein lernten, die ich auch abends zu Hause sang. Die Freude auf den Gesichtern meiner Eltern währte aber nicht lange, und sie bissen sich auf die Lippen, wenn ich ab und zu während meines Gesanges neue Luftballons forderte. »Es gibt sie in keinem Geschäft, mein Sternchen!«, sagte meine Mutter mit feuchten Augen und versuchte mich abzulenken.

Der Kindergarten lag in der Nähe des »Neues Strandes« (der im Unterschied zum alten, felsigen Strand mit Sand künstlich aufgefüllt war). Wir trieben uns dort herum und trafen unsere alten Erzieherinnen, dann besichtigten wir den Strand und die Schwimmer, die dort trainierten.

Dritani, ein pausbäckiger Junge mit blonden Locken und

* Enver Hoxha, 1945 – 1985 kommunistischer Diktator Albaniens

blauen Augen, erzählte uns mit leiser Stimme, dass hinter dem Gymnasium, das nicht so weit von uns entfernt war, ein paar Jungs von seinem Stadtviertel weiße Luftballons gefunden hätten. Weiß? Ich hatte nie weiße Luftballons gesehen. Niemand von uns. »Sie müssen ausländisch sein!«, sagte ich ernst und betonte dieses Wort. Damals war dieses Wort für mich nur ein Synonym für das, was in unseren Läden fehlte. (Mein Vater hatte uns oft von seinen Dienstfahrten ausländische Waren mitgebracht: Bananen, Kokosnüsse oder anderes tropisches Obst, das wir so vorsichtig und so lange aufbewahrten, bis es manchmal verfault war ...)

So schworen wir beim Kopfe unserer Eltern, dass wir die Luftballons finden würden und rannten dorthin. Der, der sie als Erster fände, bekäme auch den größten Fetzen. Die vielen Glassplitter und bunten Kabelstückchen, die wir sonst für unsere selbst gebauten Kaleidoskope sammelten, beachteten wir diesmal nicht.

»Ich hab es!«, schrie wenige Minuten danach Lona, ein rothaariges Mädchen, und wir stürzten uns auf sie um das »Wunder« zu sehen. Sie hatte wirklich einen weißen Luftballon in der Hand, fast transparent, wie aus Plastikfolie, aber mit einer merkwürdigen Form, die sich nach vorne ausstreckte und in einer kleinen Mütze oder einem Schnuller endete. »Man sieht, dass es ausländisch ist«, sagte endlich ein Junge aus der anderen Klasse und nahm den Luftballon, um ihn aufzublasen. Bisher hatten wir nur runde oder birnenförmige Luftballons gesehen, aber seine Form wurde desto erstaunlicher, je mehr er ihn aufblies, und ähnelte jetzt einer großen Gurke. Wir bewunderten unsere »Gurke«, die sich vor unseren Augen vergrößerte bis sie laut platzte. »Bamm!« Wenige Sekunden herrschte Ruhe; während jeder bereits daran dachte, das Gummi zu zerreissen. Dann warfen wir uns voller Lärm auf die Fetzen; unsere Lippen wurden spröde vom Einsaugen, aber wir machten weiterhin unsere Blasen und stachen feierlich hinein. Als es dunkel wurde, erinnerte ich mich an meine Hausaufgaben und meine Mutter, die bestimmt schon unterwegs nach Hause wäre, und rannte atemlos, um vorher da zu sein. Zu

Hause angekommen, wischte ich mit dem Staubtuch über das Wandregal, fegte hastig den Wohnzimmerteppich und setzte mich endlich an den Tisch, wo die Hausaufgaben lagen. Ich dachte aber immer noch an den ausgefallenen Fund; an die weichen Fetzen und runden Kugeln, die viel leichter zu machen waren.

Ich musste es meiner Mutter erzählen. Ungeduldig ging ich auf dem Balkon hin und her und wartete, sie von weitem zu sehen. Als sie um die Ecke kam, winkte ich ihr ungestüm und ordnete in mir schnell alles, was an jenem Nachmittag passiert war. Dann öffnete sie die Tür und während ich ihr einen Kuss gab, sagte sie: »Ich weiß, du hast heute noch eine Eins bekommen!« »Nein Mammi, das hat nichts mit der Schule zu tun. Hast du einmal weiße Luftballons gesehen?« Sie schüttelte den Kopf, und ich sprudelte los.

»... und er vergrößerte und verlängerte sich nicht wie die anderen Luftballons, die du mir gekauft hast, nein er war ähnlich wie ... wie eine Gurke Mami, so groß. Dann platzte er auf einmal und wir machten unsere Kugeln ...« Ich war noch nicht fertig mit meiner spannenden Geschichte, als ich ihr Gesicht sah. Sie war rot geworden, bewegte nervös die Lippen und explodierte dann: »Schnell ins Bad! Ins Bad sagte ich und warte da bis ich komme!« Ich verstand nichts. Ich hatte geglaubt, dass sie mich küssen würde, und, dass ihre liebevolle Stimme mir noch weitere weiße Luftballons versprechen würde, aber so etwas ...?! Sie trat ins Bad mit der Raki-Flasche in der Hand und während sie den Korken herauszog, befahl sie mir, den Mund mit dem Zeug auszuspülen und zu gurgeln um zu ... DESINFIZIEREN. Das war die grausamste Sache, zu der sie mich jemals gezwungen hatte. Trotzdem führte ich weinend alle ihre Befehle aus und wartete, dass mein Mund von dem unerträglichen Brennen in Flammen geriet.

Später erzählte sie mir, dass es kein normaler Luftballon gewesen sei, aber sie gab zu, dass ich in einem Punkt Recht hatte; es war wirklich etwas »ausländisches«. Besänftigt fragte ich, was es denn gewesen sei. Sie lächelte nur und ging in die Küche, um das Abendessen zu kochen ...

Annika Meike Wille

Der Klang
10 Tage Unsinn

1. Tag

- Wer bist du?
- Ich bin der Klang.
- Der Klang?
- Ja.
- Ich höre nichts.
- Nein, natürlich nicht.
- Was?
- Es ist zu laut. Du kannst nichts hören, wenn es zu laut ist.
- Ich kann nichts hören, wenn es zu laut ist?
- Ja.
- Das ist unlogisch.
- Natürlich.

2. Tag

- Nun ist es leise.
- Ja.
- Ich höre etwas. Was ist das?
- Der Klang.
- Er ist so – vertraut.
- Natürlich.
- Warum?
- Was denkst du? Was fühlst du?
- Was ich denke und fühle? Ich höre etwas.
- Eben.
- Das ist unlogisch.
- Ja.

3. Tag

- Heute ist er anders?
- Wer?
- Du, der Klang. Der Klang ist anders.
- Bist du dir sicher?
- Was soll das schon wieder?
- Bin ich wirklich anders?
- Du bist es, und du bist es nicht.
- Ja.
- Wer hat dich verändert?
- Du.
- Ich?
- Ja.
- Das ist unlogisch.
- Natürlich.

4. Tag

- Ich möchte, dass mir der Klang wieder vertraut wird.
- Das geht.
- Ja?
- Was willst du?
- Den alten Klang.
- Das geht nicht.
- Aber den Neuen kenne ich doch nicht.
- Nein.
- Wird er mir vertraut werden?
- Vielleicht.
- Wieso vielleicht?
- Vielleicht veränderst du mich, bevor ich dir vertraut werde.
- Das ist unlogisch.
- Ja.

5. Tag

- Du bist so undeutlich.
- Ich schwebe.
- Du schwebst?
- Ja.
- Warum?
- Wo ist dein Boden, dein Grund?
- Mein Grund? Ich stehe.
- Wo stehst du?
- Ich weiß es nicht. Was soll das? Alles verändert sich.
- Eben.
- Das ist unlogisch.
- Natürlich.

6. Tag

- Ich höre doch noch etwas. Ist da ein anderer?
- Nein, nur ich.
- Aber ich höre zwei Klänge. Sie überlagern sich. Und doch sind es zwei, so unterschiedlich.
- Sind es wirklich nur zwei?
- Was?
- Zwei wären zu wenig?
- Zu wenig für was?
- Für dich.
- Für mich?
- Ja.
- Das ist unlogisch.
- Natürlich

7. Tag

- Ich möchte gewisse Klänge nicht aushalten.
- Ja.
- Muss ich das?
- Ich weiß es nicht.
- Du weißt es nicht? Du weißt doch sonst immer alles.
- Wirklich? Ich bin nur ein Klang.
- Manche Klänge verändern sich nie, oder?
- Doch, das tun sie.
- Aber sie bleiben auch gleich.
- Ja.
- Hilft Logik?
- Nein, wahrscheinlich nicht.

8. Tag

- Ich höre schon so lange zu. Bisher hat sich nichts
  verändert.
- Horche nicht zu viel.
- Was?
- Wenn du zu viel horchst, wie willst du mich dann
  verändern?
- Wie kann ich dich verändern?
- Das ahnst du schon. Weißt du es nicht?
- Nein.
- Natürlich nicht.
- Du bist unlogisch.
- Ja.

9. Tag

- Ich konnte dich fassen, für einen Augenblick.
- Ja.
- Einen Klang fassen, so etwas Unlogisches.
- Warum ist nur die Logik so wichtig für dich?
- Nun ja. Ist sie es nicht?
- Doch auch.
- Hat die Logik einen Klang.
- Das weißt nur du.

10. Tag

- Viele Klänge. Unterschiedlich, neu, alt, anders, gleich,
  – leise manchmal.
- Ja.
- Die Leisen sind besonders deutlich.
- Das sind sie.
- Sag, gibt es dich wirklich?
- Nein, – oder doch?
- Du weißt es nicht?
- Wie sollte ich.

Daniela Seel

landstriche
eine vermessung

über die folgen sind wir uns nie im klaren gewesen, vielleicht war es seit langem schon mehr als ein spiel, und die regeln drohten, uns über die köpfe zu wachsen / wir gaben vor, wir kennten die anfänge nicht // aus der beiläufigkeit langjähriger gewöhnung waren wir dazu übergegangen, zweifel an der eigenen glaubwürdigkeit auszuschließen / ohnehin kamen widerspruchsfreiheit oder identität nicht mehr vor in unseren träumen, unser umgang mit ihnen glich der besessenheit von sammlern verschollen geglaubter enzyklopädien, corona eines fremden reliquienschreins // wir hatten gedankenblasen aus unseren mündern gestoßen, bei jedem schritt rollten wir wachs in unseren taschen, wir hatten abdrücke genommen aller schlüssel, die unseren weg kreuzten, und während wir einander in unermüdlichem redefluss auf abstand zu halten trachteten, stießen wir uns an den begriffssplittern auf unseren zungen // wir hätten in einem bett liegen wollen, in einem zimmerwürfel, in einer kiste, die entscheidende formel im nachtschrank verwahrt und vergessen, uns betrachtend von den rückwerfenden wänden her / wir waren uns objekte im fokus eigener spiegelreflexion // in zügen, von einem beinahe beliebigen ort zu einem nächsten befördert, immer in einer bewegung, einer stetigen verschiebung begriffen, befiel uns die eintönigkeit vorüberziehender landschaften / mit jedem kehrstrich rieselten uns farbpigmente aus den haaren, sickerten als staub in die zwischenböden ein // im überfluss der zusammenhänge wussten wir keine essenz auszumachen, keinen kern, in den anknüpfungspunkten keinen ausgang, jedem detail fanden wir ein weiteres hinzuzufügen, noch einen verweis, einen anekdote, eine fußnote im digitalisierten archiv der geschichten / Wir schrieben uns als aktenzeichen in die laufmappe eines allgegenwärtigen protokolls // in sekundenbruchteilen verschoben uns die begriffe, ablagerungen, schichten von abstumpfung, die wir einander antrugen, wir schmolzen ins geäder der felsen ein // zurück an den orten erschraken wir über die selbstverständlichkeit eines dialekts. die flüchtige geste, mit der ein toupet zurechtgerückt wurde, während die andere hand bereits nach dem bierglas griff / dass wir großvater nie gefragt haben, unverzeihlich schien es uns jetzt // wir hatten uns eingerichtet zwischen häuserfronten im wundbrand, unsere einübungen, reservistenmanöver, gemessen mit schielendem blick, das altern in den unkenntlichen augenblicken, am winkel der objektive vorbei // grind der alleen, granatsplittersouvenirs für familienbesuche aus westdeutschland, wie es immer noch hieß, im jargon, mit ihren erinnerungsfrakturen aus dem letzten verlorenen krieg / wir waren hinterbliebene im album einer familienvision, wir schliefen uns wund an den umrissen früherer abwesenheit // wir glaubten an die rückversichungen einer stochastik, bei jedem ich-liebe-dich die finger im rücken zum meineid gekreuzt, abschwur, unsere lippenbekenntnisse, das flackern um die mundwinkel lieferte uns einander aus, die vortäuschungen, krämpfe zwischen den zähnen vom verschlucken der worttrümpfe, heimliche blicke beim betreten eines stillgelegten minenschachts und die verbotenen küsse, vierter hinterhof kastanienallee, kapitelltrümmer eines gesprengten schlosses neben dem totempfahl / im kleinhirn lagerten ringweis die jahre, nachts falteten wir druckseiten unter den schädeldecken ein // wir hatten uns eingestellt auf die allmorgendliche prozedur von krawattenknoten, cremetiegeln, sicherheitsnadeln, unaufhörliche gesichtskontrollen, überwachungsmechanismen in der vorbeiströmenden flut von glasfassaden, schaufensterscheiben, die blicke der passanten, perpetuierende rückkopplungen, unsere freiwillige selbstkontrolle, metastasen innerzerebraler zensur // auf den friedhöfen lagen die gräber blank, laubverwehungen in den gruben, bruchsteinhalden verwitterter grabplatten, rostiges gittergestänge, ein baldachin aus laternenlicht bedeckte den blick / irgendwo mussten sterne sein // im einflussbereich von tiefdruckgebieten spürten wir manchmal ein dumpfes pochen unter der haut, als hätten wir wieder zu lange verkantet gelegen, ein nachbeben aus tagen der sammelunterkünfte und kinderferienlager, ruhlos im rasseln und pfeifen der mithäftlinge, matratzenleichen in sommerhütten aus pappmaché / wetterkartengefühle, unser abendliches panorama, traumbilder in abhängigkeit der wolkendrift auf satellitübertragungen // es blieb das knirschen des zur seite gepressten schnees unter den reifen, die mit einem gelblichen film belegte gestalt auf der krankenhausliege stanzte sich hinter der netzhaut ein, reminiszenz eines vertrauten gesichts // es hatte nach winter gerochen, lange bevor der erste schnee fiel, die verwaisten bärengehege in den besänftigungen einer landschaft / berlin, zoologischer garten oder frankfurt, nairobi, new york, kein anlass für fernweh mehr, wir waren zugvögel im fiberglas // durch beliebig endlos sich hinziehende zeiträume rasten wir, ein unentwegtes aufeinander zu fallen / wir bewunderten den gleichmut reglos ausharrender flamingos, landmarken im fluss unserer diskontinuität, wir klammerten uns an ein zittern unter der brust, herzrhythmusstörung, unsere hypochondrie, oder mimesis uneingestandener erbfolgen / wir vermaßen uns an der fassungslosigkeit von biografie // hätten wir uns an die vorgaben halten können, bewegungsabläufe, situationsbedingte anpassung eines gesichtsausdrucks, wir hätten vielleicht die illusion einer hoffnung auf scherben behalten, das echo eines gelächters manchmal // beide hände dicht vor die stirnen schlagend, beäugten wir das liniennetz / momentlang fühlten wir uns einer engführung nahe.

Dorothea Suck

Kinder

Vor einem Hochhaus,
an dem ein Zug vorüberfliegt
und Coca-Cola Dosen sich vermehren,
spielen zwei Kinder
mit einem Schneckenhaus.

Ein Mann kommt,
zerlegt das eine Kind,
lässt die Teile liegen
und geht.

Das Andere schaut zu,
lacht, wirft alles
zu den Coca-Cola Dosen,
die sich vermehren,
und legt sich auf
den vorüberfliegenden Zug.

Martin Frank

www.schluss.de

Das zweite Fenster von rechts im dritten Stockwerk war erleuchtet, was Danas Verdacht verhärtete. Er war also tatsächlich zuhause – schlimmer noch: Der Lampe nach zu schließen, saß er an seinem Schreibtisch. Hockte wieder vor seinem dämlichen Rechner, während sie, Dana, an der Schule auf ihn gewartet hatte. Wie ein treu-doofer Hund. Marlene mochte in manchen Punkten übertreiben, doch in diesem Punkt hatte sie Recht: Als die erste Laterne aufflakkerte, hatte Dana noch immer an der Schule wie vom Herrchen verlassen am Bordstein gesessen. Und ihre Hoffnung, dass Lars vielleicht doch noch vorbeikommen könnte, war wie ihre Fußzehen langsam in der Eiseskälte eingefroren.

Marlene hatte sie schließlich aufgegabelt und darauf bestanden, sie ein Stück mitzunehmen. Die Autofahrt hatte sie genutzt, um eine gründliche Interpretation von Danas Beziehung zu Lars vorzunehmen, was Dana nur noch mehr ins Brodeln gebracht hatte. »Dana«, hatte sie mit einem mitleidigen Lächeln gesagt, während ihre Freundin aus dem Auto stieg und ihren Schulranzen schulterte, »Dana, so kann das nicht weitergehen. Du bist wie ein treu-doofer Hund. Der Lars kann sich bei dir doch alles leisten.«

Dana überquerte die Straße, ohne das Fenster aus den Augen zu lassen. Lars war also allem Anschein nach zuhause. Gut. Ein kurzer Besuch würde Klarheit in die Sache bringen. Vielleicht war er krank geworden, oder er hatte sich seinen Fuß verstaucht. Das würde sie als Erklärung natürlich akzeptieren. Viel wahrscheinlicher war jedoch, dass Lars im Internet surfte, neue Bekanntschaften in irgendeinem Chat-Room schloss oder Klingelmelodien für sein Handy runterlud. Möglicherweise hatte er aber auch mal wieder mit einem dieser zyklisch auftretenden Schwächeanfälle seines Scanners zu kämpfen. Dann war, wie er ihr schon viel zu oft erklärt hatte, ein neuer Treiber von Nöten, die alten Komponenten mussten gesucht und deinstalliert

werden, danach neues Laden, Rechner booten, konfigurie-
ren ...

Im Treppenhaus überlegte Dana wie sie reagieren sollte,
falls Lars ihre Verabredung wirklich vergessen haben sollte.
»Es wird Zeit, dass du diese heiße Affäre zwischen Lars
und seinem Computer beendest«, hatte ihr Marlene geraten,
jedoch keine brauchbare Vorgehensweise genannt. Das Beste
wäre, ein für allemal deutlich zu machen, was sie von
seinem informationstechnologischen Faible hielt. Dana sah
ihn schon vor sich stehen, mit dieser ausladenden Geste, die
er immer machte, wenn es um seinen Rechner ging, wenn
sie sein kleines, 500 Megaherz schnelles Baby angriff, das
ihn mit seinem 128 Mega-Byte Arbeitsspeicher, der 20 Gi-
ga-Byte Festplatte und dem 40fach DVD-Laufwerk so in
Verzückung versetzte.

»Ein Virus hat die Zugriffrechte meines Email-Verzeich-
nisses überschrieben, als ich eine MP3-Datei entzippt habe.« Diese Rechtfertigung hatte er letzte Woche angebracht,
als er mit drei Stunden Verspätung auf Sonjas Party erschienen war. Diesmal würde er seinen Kopf mit bloßem Fach-
jargon nicht so einfach aus der Schlinge ziehen. Eine Erklärung würde sie von ihm verlangen, eine triftige Erklärung.
Warum er sich seit Wochen um seinen Blechkasten mehr als
um seine Freundin kümmerte, würde sie ihn fragen. Ob sie
ihm denn völlig egal sei.

»Wenn alle Stricke reißen,« sickerte Marlenes Stimme in
ihre Gedanken, »musst du ihn mit seinen eigenen Mitteln
schlagen. Warte in seinem Lieblings-Chat-Room unter fal-
schem Namen und horch ihn aus. Dann weißt du endlich,
woran du da geraten bist.« Nein, so etwas würde sie niemals
machen. »Oder sag ihm, er soll mal bei www.schluss.de
vorbeischauen«, fuhr Marlene wispernd fort, als Dana die
Klingel drückte. »Da werden Gründe gesammelt, aus denen
man mit seinem Partner Schluss machen würde. Du könntest euer Problem vorher auf die Page setzen lassen.«

Zu Danas Zufriedenheit öffnete Lars' Mutter die Tür. Sie
hatte also die Chance, Lars auf frischer Tat zu überführen.

Als sie sein Zimmer betrat, lag ihr Freund unter seinem
Schreibtisch, auf dem Rücken und mit angezogenen Beinen

wie ein Kfz-Mechaniker, der seinen Oberkörper unter ein Auto geschoben hat. Offenbar stöpselte er an der Rückseite seines Rechners herum. Dana schloss die Tür und blieb stehen. Lars hatte sie wirklich vergessen. Sie hatte an der Schule gewartet, bis ihre Lippen blau geworden waren, und er hatte sich in der Zwischenzeit mit seinem Computer vergnügt.

Marlene war wieder in ihrem Kopf, stirnrunzelnd. »Der kann sich bei dir doch alles leisten. Es wird Zeit, dass du ihm die Meinung sagst.«

Lars arbeitete sich unter dem Schreibtisch hervor. Erst jetzt bemerkte er sie. »Dana! Ich habe dich gar nicht rein kommen hören!« Er richtete sich auf und nahm sie ihn die Arme.

»Ich habe auf dich gewartet«, sagte Dana. Ihre Stimme klang eher zittrig als vorwurfsvoll. Marlene schüttelte hinter ihrer Stirn den Kopf und fügte hinzu: »So kann das nicht weitergehen. Du bist wie ein treu-doofer Hund.«

»Upps. Das habe ich ja total verschwitzt.« Lars klang schuldbewusst. »Ich komme seit heute Nachmittag nicht mehr ins Internet. Meine ISDN-Karte wird nicht mehr erkannt. Ich habe sie zuerst softwaremäßig deinstalliert, dann die Hardware entfernt, die Karte neu eingebaut und die Treiber wieder geladen, eben alles konfiguriert. Da habe ich die Zeit vergessen.«

»Wie so oft«, antwortete Dana. Sie wollte weiter sprechen. »www.schluss.de«, erinnerte Marlene in eindringlichem Ton.

Lars streichelte über ihren Kopf und kam ihr zuvor. »Sorry. Das passiert nie wieder. Versprochen.« Er neigte seinen Kopf, um sie zu küssen.

»Dana«. Marlenes Stimme schwappte als dumpfes Echo durch ihren Kopf. »Dana, der kann sich bei dir doch alles leisten.«

Dana erwiderte den Kuss, und Marlene verstummte.

Nico Linz

Bekanntschaft

Suche dringend männlich, gebrauchten, attraktiven Partner als Herbstaktion, mit mehrjähriger Erfahrung in »Sorge dich nicht Lebe«-Technik.
Du solltest: flexibel
    spontan
    treu
    ruhig
    sympathisch
    schlank
    offen
    naturverbunden
    ehrlich
    unternehmungslustig
    handwerklich begabt
    Nichtraucher
    erotisch
    vital
    romantisch
    gepflegt
    optimistisch
    lebensfroh
    unkompliziert
    kinderlieb
    natürlich
    nicht ausländisch
    vorzeigbar
    stubenrein
    sportlich
    kulturinteressiert
    gut gelaunt
    ortsgebunden
    harmonisch
    dunkelhaarig
    blauäugig

erfolgreich
zärtlich
berufstätig
niveauvoll
mit Herz und Verstand
einfach ein guter Kumpel sein.

PC-Kenntnisse erforderlich,
sowie PKW-Führerschein Klasse 3.

Ich bin gut erhalten, leicht neurotisch,
FIT FOR FUN – Ich lass' dich ran!
Preis nach Vereinbarung.
Ich erwarte dich mit Show-Programm, Lebenslauf und
Lichtbild

deine Millenium-Fantasie

Martin Beyer

Ausschnitt aus ›Die schwarze Mühle‹

I Die rote Tür

Lasst ab von mir! Ich beiße wie ein wildes Tier
Ich schreie, doch er wacht nicht auf
Mutter, ich hab den Kopf verloren
Die blonden Locken, die ich hatte als Kind
Du hast sie aufbewahrt, weil sie wie die von einem
                                        Mädchen sind.

(Janus)

Roter Traum

Bewegung, laufen, rennen, Treppen, die Seele fängt Feuer, und was ist dabei, was ist schon dabei, der Schaum tritt nicht aus dem Mund hervor, also, was ist dabei. Treppen, Licht, Feuer, deine Seele, ist sie in deinem Kopf, das Licht ist unten, immer unten, da, wo die Hölle ist, da, wo man hinkommt, wenn man so ist wie du, ich will, ich will hinunter, die Treppe, das Licht, die Tür, Bewegung, die Treppe, die Tür ist rot, kann es anders sein, die Tür, das Licht, ich bewege mich, einmal, einmal nur hat es nicht mehr funktioniert, einmal, einmal nur habe ich nicht mehr gekonnt, ich habe reagiert, mehr nicht, ich habe einfach nur reagiert, einmal musste es kommen, musste es, das Licht, die rote Tür, lasst mich raus, mein Kopf, der Schaum in meinem Mund tritt zurück, ich Tier, das Tier hat zugeschlagen, einmal musste es ja so kommen, es ging nicht mehr, dieses eine Mal, Male, Male, male ein Bild, ich will hinaus, an die Luft, denn ich beiße, ich bin ein wildes Tier, in den schwarzen Wald, da gehöre ich hin, in die Hölle, die Tür geht auf, die rote Tür geht auf, ich komme an die Luft und es müsste Regen geben, klarer Regen, kann es anders sein, es müsste regnen, denn ich war ein Tier, es hat einmal, nur einmal nicht mehr geklappt, Mutter, ich habe den Kopf verloren, den Kopf verloren. Bewegung, laufen, rennen, Treppen, die Seele fängt Feuer. Kann es anders sein?

In solchen Situationen müsste es regnen. Du schaust in die Höhe und siehst einen grauen Himmel, der sich, heißt es nicht so, seiner Last entledigen will. Und wenn du genau hinsiehst, dann kannst du die Tropfen erkennen, jeden einzelnen Tropfen. Erst sind sie noch ganz klein, beinahe winzig, doch sieh genauer hin, immer genauer, sie werden größer, zu langen Strichen, zu Linien, zu Geraden, die auf dein Auge zulaufen, scheinbar mathematischen Gesetzen folgend. Und wenn die Gerade auftrifft, dann musst du deine Augen schließen, sonst schmerzt es, sonst tut es weh. Doch was ist dabei? Lässt sich deine Tat auch mit Mathematik erklären? Lässt sich dein Tun auch wissenschaftlich erklären wie der Regen, der in solchen Situationen niederzugehen pflegt?

In solchen Situationen blickt man noch einmal zurück. Genau einmal. Du siehst die rote Tür, die gerade hinter dir zugefallen ist. Das letzte Mal ist sie für dich zugefallen. Doch was ist dabei? Lässt sich dein Tun mit zugefallenen Türen rechtfertigen, erklären, entschuldigen? Bist du denn Schuld? Der Regen kühlt dein Gemüt ab, kühlt dein Herz ab, das rasend geschlagen hat, rasend wie bei einem wilden Tier, vielleicht.

Du bist im Begriff zu gehen, richtig zu gehen. Denn es gibt ein richtiges Gehen, ein Gehen, bei dem man nicht wiederzukommen pflegt. Du bist allein, wichtige Worte, doch Pathos will dich nicht begleiten, will dir nicht auf deinem Weg folgen. Du gehst also, allein, nachdem du dich genau einmal umgesehen hast, den mit kleinen Steinen bestreuten Weg entlang, siehst die Geraden des Regens, deine Augen schmerzen, obwohl du sie nicht zumachst. Deine Wahrnehmung ist gut, erstaunlich gut in dieser Situation, der Regen lärmt schon beinahe in deinen Ohren, das Hufgetrappel hinter dir wird immer deutlicher, erneut drehst du dich um, die rote Tür ist nicht mehr zu sehen, nicht einmal ein blasser roter Punkt, nur der alte Heuwagen von Marek, der sich wie jeden Tag die sieben Hügel des Ganjeb-Waldes hoch müht. Der Ganjeb-Wald, willst du dich nicht einmal kurz besinnen, und ihn dir noch einmal genau ansehen? Vielleicht lohnt es sich ja, noch einmal den Versuch zu machen, hinter sein geheimnisvolles Äußeres zu kommen, hinter sein fast schon menschliches Antlitz. Denn weißt du denn nicht mehr, schon immer seit deiner Kindheit hast du den Wald mit einem Lebewesen verglichen, alles war für dich beseelt. Die schwarzen Wurzeln der Ganjeb-Tannen waren für dich gewaltige Spinnen, die Farnblätter Arme eines knolligen Lebewesens, das dich greifen wollte, dich fassen und in den kalten Erdboden zu ziehen versuchte. Alles bewegt sich im Ganjeb, alles klingt, rauscht, musiziert für die Ohren, die noch hören können. Schwarz ist der Ganjeb, durch die dichten Bäume kommt nicht viel Licht durch und dennoch ist er voller Leben, voller Seele und für dich, erinnerst du dich nicht, voller Schönheit. Aber du siehst ihn nicht, den Wald, den Weg, nur den Regen und, ja, hat sich da nicht doch ein roter Punkt auf deine Netzhaut eingebrannt, vielmehr ein Rechteck, eine Tür, die nie mehr für dich aufgehen wird? »Hallo, Jung, wohin bei diesem Wetter?«

Nur zögernd kannst du reagieren, merkst du es, nur ganz langsam kannst du dich auf den alten Marek einstellen.

»Nach Opperdorf, Marek, nimmst mich ein Stück?«
    »In die Stadt, Jung, was willst du in die Stadt? Für den Vater wohl, nich?«
    Dankbar kannst du sein, dass dir der alte Marek deine Ausrede schon in den Mund gelegt hat. Jawohl, für den Vater, für den Vater machst du diese Reise, ist es nicht so?

Du springst auf den Heuwagen und vergisst den Ganjeb-Wald, einfach so, einfach so, Vander, dabei ist er doch für dich, erinnerst du dich nicht, deine Heimat gewesen, der

Fleck Erde, an dem die Menschen so hängen, warum nur, warum nur Vander, hast du dich das nie gefragt? Vielleicht, weil sie an diesem Fleckchen, und mehr ist es meist nicht, an diesem kleinen Punkt wichtige Erfahrungen gemacht haben. An diesem kleinen Fleckchen haben sie sich das erste Mal wehgetan, wurden zum ersten Mal getröstet, erinnerst du dich nicht, Vander, wie du dich an dem Dornenbusch geschnitten hast und deine Mutter sich um dich kümmerte, Erfahrungen, du hast hier einiges gelernt, du bist größer geworden, du hast Angst gehabt, du hast gelacht, gearbeitet, gespielt, zerstört, aufgebaut, geschrien, gemalt, gesprochen, geweint, du hast gelernt, an diesem kleinen Fleckchen ein Mensch zu sein. Erinnerst du dich nicht? Und jetzt fährst du auf dem Heuwagen, mit dem alten Marek, einfach davon, einfach weg aus dem Ganjeb-Wald, und warum? Nur wegen eines kleinen Moments der Unachtsamkeit, in dem du etwas vergessen hast, in dem du alles vergessen hast. Oder war da etwa mehr? Sag es doch, Vander, rechtfertige dich doch. Noch wäre Zeit dazu. Aber du hörst mich ja gar nicht, hörst den Ganjeb-Wald nicht mehr, der mit seiner Schönheit noch einmal nach dir ruft, die Farnblätter greifen nach dir, ein letztes Mal, vielleicht.

»Wenn es regnet, Jung, find ich den Wald besonders. Und wenn es dann aufhört, dann dampft es, na, dann dampft es so, wie wenn man schwitzt, verstehste?«

Vander verstand, und tatsächlich, als der Regen aufhörte, die Sonne den Boden wieder ein wenig mehr erwärmte, dampfte es, Nebel stieg von unten auf, und Vander verstand es sehr deutlich.

»Manchmal, Jung, denk ich mir, dass der Dampf aus der Hölle kommt, dass ein Verbrechen geschehen ist und der Teufel wieder ein Stück näher nach oben gekommen ist.«

Vander starrte auf den breiten Rücken des Bauern, der vor ihm den Karren lenkte. Vielleicht dampft es ja wegen dir, Vander, nur wegen dir. Nur wegen dir ist die Hölle ein kleines Stück näher an die Erdoberfläche gekommen.

Angela Troisi

Auf Wiedersehen

Für mich war es immer schon ein seltsames Gefühl, alleine an der Haltestelle zu sitzen. Ich habe es schon immer gehasst, morgens alleine in die Schule fahren zu müssen. Eigentlich ist es albern. Nein, nicht eigentlich – es ist albern. Irgendwie bin ich dann nervös.

Zu meinem Glück ließ die nächste Bahn nicht sehr lange auf sich warten.

Beim Verlassen der U-Bahn prüfte ich die Uhr, und was ich sah, gefiel mir nicht besonders. Wenn ich normales Tempo ging, würde ich immer noch lange vor dem Blinken da sein. Eigentlich hatte ich nur »ein bisschen« früher losgehen wollen. Jedenfalls kommt man als Schüler doch lieber zu spät als zu früh. Vielleicht war Lea in der Bahn gewesen. Ich drehte mich auf der Rolltreppe um und ließ meinen Blick über den Bahnsteig schweifen.

Tatsächlich erspähte ich ein bekanntes Gesicht. Brandner grüßte mich von unten herauf durch ein Kopfnicken, von dem ich nie genau wusste, ob er es als Höflichkeit oder als lästige Pflichtübung meinte. Seinem Gesichtsausdruck nach war es eher das letztere, aber diese genervte Mimik hatte er häufig. Es ist schon seltsam. Nach fast 13 Jahren sollte man einen Menschen kennen. Immerhin waren wir aufgewachsen wie Geschwister. Als wir noch jünger waren, haben wir uns immer geärgert, weil die Leute uns für Zwillinge gehalten haben. Wir sind uns vom Aussehen auch sehr ähnlich gewesen. Und er ist auch nur knapp zwei Wochen älter als ich. Sicher konnte man uns für Zwillinge halten.

Heute sind wir beide 16. Unser Verhältnis ist nicht mehr so eng wie es einmal war. Wir wissen auch nicht mehr alles übereinander. Das mit den Zwillingen hat sich erledigt. Hin und wieder wird uns vielleicht unterstellt, wir seien ein Paar – nur weil wir bei bestimmten Gelegenheiten zusammen aufkreuzen, in einer Aufwallung der vergangenen »Geschwisterliebe«. Anders kann man es wirklich kaum bezeichnen. Die Vorstellung, dass wir beide einmal ein Paar sein könnten, lässt mich unweigerlich an Inzest denken (auch wenn wir nicht wirklich Blutsverwandte sind). Aber abgesehen von diesen Erinnerungen ... Manchmal wusste ich nicht einmal, über was ich mich mit ihm unterhalten sollte. Als ich oben ankam, wartete ich trotzdem auf ihn. Max hatte sich beeilt, mir nach zu kommen, und deshalb erschien es mir irgendwie ziemlich ruppig, nicht stehen zu bleiben. »Morgen!« Ich schenkte ihm ein freundliches Lächeln.

Wir gingen weiter. Ich versuchte das Schweigen zu brechen. »Hausaufgaben gemacht?«

»So ziemlich.« So ziemlich, deutete ich als: Nicht alles.

Es entstand eine kurze Pause. Solche Pausen empfinde ich als schrecklich unangenehm, aber Brandner beschwört sie geradezu herauf. Früher war das anders. Bis wir in der – ich glaube – 8. Klasse waren, sind wir jeden Morgen zusammen zur Schule. Erst zur Grundschule, dann zum Gymnasium. Heute war das erste Mal seit ziemlich langer Zeit, dass ich wieder einmal mit ihm zur Schule lief. Er hatte sich entschieden verändert. Zum Beispiel war er auch schon gesprächiger gewesen.

»Glaubst du an so etwas wie Vorahnungen?«, fragte er plötzlich.

Ich war etwas perplex. Was für eine komische Frage. Für ihn gänzlich untypisch. »Wieso?«

»Ach, nur so. Wollt's halt wissen. Glaubst du an Vorahnungen?«

»Was für Vorahnungen?«

»So Vorahnungen eben. Dass irgendwas passiert.«

»Ich glaube schon«, antwortete ich. Ich war mir noch nicht ganz sicher, worüber wir eigentlich redeten. Meine Antwort war jedenfalls ehrlich. Ich glaubte schon, dass man spüren konnte, ob etwas passieren würde oder passiert war. Nicht immer und nicht jeder. Aber manchmal geschieht so etwas. »Hattest du schon einmal so etwas?« Er war immer noch vollkommen trocken. Eigentlich wäre es mir lieber gewesen, er hätte jetzt angefangen Witze über meine Antwort zu machen. Aber er nahm das Thema ernst.

Ja, ich hatte schon einmal so etwas. Es war kein tolles Erlebnis. Ich hatte plötzlich so etwas wie einen Stich in den Magen und war schrecklich reizbar und hektisch. Mit der Zeit wurde ich dann ganz ruhig, so als stände ich über allem. Das war, als meine Mutter einen schweren Autounfall hatte. Als die Nachricht eintraf war ich völlig darauf gefasst. Ich wusste es quasi schon.

Gott sei dank, ist sie wieder gesund. Alles wieder gut – fast vergessen. Nur dieses Gefühl ist geblieben. »Nein. Ich hatte noch nie so etwas.«

»Schade.«

Das konnte er sagen, weil er es noch nicht erlebt hatte. So etwas wünsche ich niemandem. Ich rede ja noch nicht einmal darüber. »Kann sein.«

Wieder schwiegen wir. Es war mir, als stände so etwas wie eine unsichtbare Mauer zwischen uns. Irgendetwas, das uns trennte. Etwas, was vorher nicht da gewesen war oder was ich zumindest jetzt zum ersten Mal bemerkte.

Es war ein klarer Wintermorgen, wie er oft in Büchern beschrieben wird. Nur war es noch nicht ganz hell. Die Straßenbeleuchtung war noch an, und der Mond stand noch am Himmel. Es ist einem wirklich, als würde man mitten in der Nacht in die Schule geschickt.

Ich betrachtete den Mond. Vor ein paar Tagen erst war Vollmond gewesen, und mir präsentierte sich jetzt ein abnehmender Mond, der in der sich langsam bemerkbar machenden Morgendämmerung immer blasser und blasser werden würde.

»Wir haben jetzt Reli«, sagte ich, um wieder mit ihm ins Gespräch zu kommen.

Er nickte nur, sah mich nicht einmal an.

So leicht wollte ich nicht aufgeben: »Reden wir wieder über Sterbehilfen und so 'nem Kram?«

»Glaub' schon.« Immer noch starrte er nach vorne.

»Aha.« Ich war mit dem Erfolg meiner Frage nicht zufrieden.

Max seufzte. »Hast du dir mal überlegt, was sie mit deinem Körper machen sollen, wenn du stirbst? Ich meine so Sachen wie, ob du deine Organe spenden willst und ob du verbrannt werden willst oder beerdigt?«

»Nö. Nicht so richtig. Ein bisschen vielleicht. Du?«

Er nickte, holte tief Luft und begann: »Naja, ob ich als Ersatzteillager dienen will, weiß ich nicht. Ich kann mich nicht an den Gedanken gewöhnen, dass jemand durch das Organ eines Toten weiterleben soll.« Er räusperte sich. »Auf jeden Fall weiß ich, dass ich verbrannt werden will. Ich hab höllische Angst davor, in einem Sarg auf zu wachen und verbuddelt zu sein. Oder irgendwann von Würmern gefressen zu werden.«

»Äh! Hör auf. Ist ja eklig.«

»Am besten fände ich es, wenn meine Asche dann irgendwo ins Meer gekippt würde.«

»Ernsthaft?« Er schien sich ja wirklich mit dem Thema auseinander gesetzt zu haben. Wahrscheinlich, weil wir seit einem halben Jahr in Reli über alles, was mit dem Tod zu tun hat, redeten.

»Logisch. Aber das geht nicht. Die Trauernden sollen wenigstens irgendwas von mir behalten können. Ich glaube, das erleichtert es, über so etwas hinweg zu kommen. Ach ja, und ich will ein Gesteck mit vielen verschiedenen, bunten Blumen und gespielt werden soll ›Love Me Tender‹.«

»›Love Me Tender‹? Na hör mal! Ist das nicht etwas unpassend?«

»Ja. Schon. Haben will ich's trotzdem.«

»Hmm.«

Noch einmal bedrückendes Schweigen. Während dem Gespräch hatte ich das Gefühl, eine Tür in der Mauer gefunden zu haben, die sich plötzlich geöffnet hatte und mit dem Ende des Gespräches auch genauso plötzlich zugefallen war. Die Mauer war wieder vollständig geschlossen.

Ich sah noch einmal zum Mond hinauf. Er war schon etwas blasser und der Himmel wurde langsam, langsam heller. Vor uns tauchte bereits die Schule auf. Eine Straßenbahn ratterte vorüber.

Der Tod war ein seltsames Thema. Keiner redet gerne darüber. Inzwischen hatten wir alle etwas weniger Probleme damit – ich meine die schon sprichwörtliche »Jugend von heute«. Wir wachsen auf in Städten, wo Gewalt oft keine untergeordnete Rolle spielt, auch wenn man sie nicht selbst erlebt. Wir kennen die Gefahren von Drogen, von AIDS. Verkehrsopfer sind auch keine Seltenheit. Wir sind daran gewöhnt und eher bereit, uns damit abzufinden, wenn wir selbst einmal trauern.

Wir schlenderten auf den Schulhof. Es war so gut wie niemand zu sehen. Zwei kleinere Jungs, wahrscheinlich Fünftklässler, spielten mit einem schmutzigen Tennisball Bretterwand. Alles wirkte normal. Nur mich durchzog die Kälte stärker als die anderen, wenigstens erschien es mir so. Brandner hielt mir die Tür zum Neubau auf und ließ mich rein gehen. Wir standen an der Treppe vorm Reliraum und waren allein. Vielleicht noch mehr als vor ein paar Minuten. So allein, als wäre der andere nicht da.

»Ich geh' mal an den Vertretungsplan. Vielleicht ist Julian schon da …«

»Ja, mach nur, Brandner.«

Er kramte umständlich in seiner Jackentasche. »Hier. Behalt's.« Er drückte mir irgendein, in ein Tempo gewickeltes Ding in die Hand und verschwand.

Für einen ganzen Augenblick war ich erstaunt. Ich setzte mich auf die Treppe und wickelte das mysteriöse Geschenk aus.

Es war ein mir sehr gut bekannter Anhänger. Ein Anhänger, den Max schon seit seinem 6. Lebensjahr fast ununterbrochen trug. Nicht besonders wertvoll, materiell gesehen. Eben ein kleines Kreuzlein. Ich konnte mich an nur einen Tag erinnern, an dem er es nicht tragen konnte, weil der Verschluss kaputt war oder so. Wieso sollte ich es jetzt behalten?

Ich hätte ihn sehr gerne danach gefragt. Doch als er zurück kam, hatte er Julian im Schlepptau, und Lea trudelte auch gleich ein.

Während des Unterrichts betrachtete ich das Kreuz eine Weile und dachte über alles nach, was er am Morgen gesagt hatte. Es machte mich seltsam bekommen, obwohl ich nicht wusste, warum.

Max war den ganzen Tag wie immer. Für ihn schien es ein ganz normales unbedeutendes Gespräch gewesen zu sein. Deshalb vergaß ich es im Laufe des Tages mehr oder weniger. Nicht den Wortlaut. Es war mir nur nicht mehr so gegenwärtig wie am Morgen. Die Sorgen verzogen sie wie kleine graue Wölkchen und ließen die Sonne zu mir durch.

Alles war so lustig wie immer, wenn die ganze Clique versammelt war. Irgendwer kam auf die Idee nachmittags Eislaufen zu gehen. Na klar, warum auch nicht. Natürlich war ich mit von der Partie. Auf dem Heimweg fragte ich Brandner dann, ob wir zusammen zur Eissporthalle laufen würden.

»Nein, sorry. Ich kann erst so 'ne halbe Stunde später kommen. Ich hab' vorher noch etwas zu tun. Ich komm dann nach.«

»Na okay. Bis dann. Tschüss.«

»Tschüss. Wir sehn uns wieder.«

Die Versuchung war groß ihm zu erwidern: »Na klar, sehen wir uns wieder. In vielleicht zweieinhalb Stunden.« Ich hatte es allerdings zu eilig, um noch viel mehr zu sagen.

Einmal drehte ich mich noch um und winkte ihm zu. Er winkte zurück. Etwas, was nur sehr selten vorkam. Und er strahlte, lächelte übers ganze Gesicht. Glücklich, wie ein Teenager, der sich mit seiner Clique verabredet hat und sich auf das Treffen freut.

Ich hatte mich mit Sakina und Anna vor der Eissporthalle verabredet und wir trafen erst drinnen auf den Rest. Ich richtete aus, dass Max etwas später kommen würde. Aber er kam nicht. Erst später erfuhren wir, dass er nie wieder irgendwohin kommen würde.

Auf dem Weg zu uns war er von einem Auto überfahren worden. Der Fahrer hatte telefoniert, nicht auf die rote Ampel geachtet und war, ohne auch nur im mindesten Tempo zurück zu nehmen, weiter gerast.

Man rief sofort den Krankenwagen. Trotzdem kam alle Hilfe zu spät. Max starb auf der Fahrt ins Krankenhaus, während wir alle ausgelassen miteinander lachten und uns nur hin und wieder wunderten, wo Brandner denn bleibt.

In seinem Portmonee fand man einen Zettel, auf dem alle die Punkte wegen der Bestattung genau aufgeführt waren. Außerdem fand sich eine Anmerkung, in der er festhielt, dass er seine Familie sehr liebe und froh war, mit uns befreundet gewesen zu sein. Mit uns meine ich mich und die Clique. Ich war sogar namentlich genannt.

Jetzt bin ich es, die eine Kette mit einem kleinen Kreuz um den Hals trägt. Es ist mein Talisman. Noch wichtiger, es ist sein Erbe.

Ich bin mir jetzt sicher, was er mit Vorahnungen gemeint hat. Ich weiß jetzt, dass auch er diesen Stich in den Magen gespürt hat. Wahrscheinlich noch schlimmer als ich. Jetzt bereue ich ihn belogen zu haben, weil diese Lüge die Mauer zwischen uns war.

Und wenn ich irgendwo zufällig »Love Me Tender« höre, denke ich an das letzte Mal, als wir uns sahen. Wie glücklich er war. »Wir werden uns wieder sehen!« Ich hoffe, er hatte Recht.

Kristina Jill Hansen

Sündenbock

Das ist schon komisch,
dass man mit offenen Augen ins Messer rennt.

Wo steckt bloß dieser Kerl,
der ironisch grinsend vor seiner Kamera sitzt
und Drehbücher schreibt,

ohne die Akteure zu befragen?
Marionetten
sind wir
und wenn wir uns in den eigenen Fäden verheddern

Dann lacht er schallend
und zieht noch ein bisschen mehr.

Ich sammle Stoff für meine Schere
auch wenn sie nur aus Worten ist:

Ich kriege dich,
und wenn im Sterben.

Dezember 1999

Christophe Fricker

Für Lydia

Eine kleine
Verwundung
Die du erreichst
Ein Brief
Reihst dich ein

Sprichst leise
Linie erschreibst
Jenes bleiche
Verwundern
Das bleibt

Inhalt

www.ingramcontent.com/pod-product-compliance
Lightning Source LLC
Chambersburg PA
CBHW052013240626
47153CB00008B/2858